Heide und Hellfried Rosegger

Das Mädchen und die Zikade

Elf Kurzgeschichten

Weishaupt Verlag

ISBN 978-3-7059-0340-1
1. Auflage 2012

Tel.: 03151-8487, Fax: 03151-84874
e-mail: verlag@weishaupt.at
e-bookshop: www.weishaupt.at

Druck und Bindung: Druckerei Theiß GmbH, A-9431 St. Stefan.
Printed in Austria.

Inhalt

1

Das Mädchen und die Zikade

Wieder einmal saßen wir vor jenem kleinen Lokal in einer der engen Straßen von Milina, dem Fischerdorf, das wir alljährlich in unseren Sommerferien besuchen. Jeder hatte einen Teller voll Spießchen aus würfelig geschnittenem, gegrilltem Schweinefleisch vor sich auf dem mit Blaudruck verzierten Papiertischtuch, dazu Pommes und ein Glas Retsína. Es war zwar nicht viel Verkehr, aber die wenigen Autos, Traktoren, Motorräder, Mopeds und Fahrräder mussten sich an den auf der Straße aufgestellten Tischen, an den Hand in Hand gemütlich einher schlendernden Spaziergängern, den kinderwagenschiebenden Müttern und gravitätisch hinkenden, übergewichtigen Großmüttern vorbeiwinden und dabei besonders auf die tollenden Kinder achten, die in der Abendkühle in ganzen Banden aus den Häusern herausgequollen waren und bar jeder Ehrfurcht vor der motorisierten Konkurrenz wie auf einem Spielplatz umhertobten. Es grenzte an ein Wunder, dass dieses Gedränge ohne Unfälle abging – aber nein – doch nicht ganz. Gestern erst, da hatte ein Bursche mit seinem Moped den kleinen, struppigen, weißen Hund zu Tode gefahren, der gegenüber vor dem Nippes-Lädchen in der Tür zu liegen pflegte, der süße Kerl, der so aussah wie „Cäsar“ auf der

Pedigree®PAL-Dose und den jeder hier im Dorf schon kannte und auch gestreichelt hatte. Die Besitzerin, eine schwermütig schöne Griechin Mitte vierzig, die recht gut deutsch sprach, hatte wieder zu weinen begonnen, als ich ihr mein Beileid zu dem Verlust ihres Tieres ausdrückte.

„Wir müssen ihr etwas abkaufen", schlug ich meiner Frau Susi vor, „vielleicht heitert sie das ein bisschen auf. Viel Geschäft macht sie ja nicht …"

Jedes Jahr kauften wir hier ein paar Kleinigkeiten ein, nichts was man wirklich braucht, aber zu Hause gab es die sogenannte Geschenkskiste, eine äußerst praktische Einrichtung. Denn dort hinein kamen diese Nippes, die eigentlich nur als Geschenke taugten, weil sie sonst keinen für den Alltag praktischen Zweck erfüllten; doch war man beispielsweise plötzlich zu einem Abendessen geladen, dann zahlte es sich aus, diese Kiste vorher nach etwas Brauchbarem zu durchwühlen, meist mit Erfolg, und so sparte man sich das Nachdenken oder gar den in letzter Minute eilig durchgeführten Weg in ein Geschäft. Dieser theoretische Vorteil wurde als Grund für derartige Einkäufe zitiert. Der wahre Grund – so vermute ich – lag aber darin, dass Einkaufen einfach Spaß macht, man daher seiner Kauflust einfach nachgab, selbst wenn man Dinge kaufte, für die sich absolut kein Verwendungszweck fand, mochte man sein Gehirn auch noch so anstrengen.

Susi hatte nämlich bei vorherigen Inspektionen dieses Lädchens neben anderen Gegenständen eine kleine Skulptur aus gehärteter Knetmasse entdeckt, die ein Mädchen darstellte. Dieses hübsche, schlanke Geschöpf ist im Stil der Fünfzigerjahre mit einem blau-weiß quergestreiften, tief dekolletierten, einteiligen Badeanzug bekleidet und trägt den dazu passenden weißen Hut mit einem breiten himmelblauen Band, das über der Stirn zu einer großen Masche verknotet ist. Auch Badeschuhe derselben Farbe hat sie an. Sie hockt seitlich auf ihren schlanken Schenkeln und hält die Arme graziös wie unsymmetrisch geformte Henkel empor, dabei dem Betrachter ihre Achselhöhlen darbietend. Mit der linken Hand berührt sie wie zufällig den etwas zur Seite geneigten Kopf, die rechte Hand ruht an der rechten Wange, wobei der Zeigefinger in das seichte Halsgrübchen ragt, das die Mediziner Jugulum nennen. Diese Haltung verleiht der Figurine eine jugendliche Anmut. Man meint zuerst, die junge Dame schicke sich eben an aufzustehen, doch da sie den Blick ihrer schwarzen Augen auf einen Punkt etwas weiter vor sich auf den Boden gerichtet zu haben scheint, erweckt sie im Betrachter trotz des unbewusst selbstsicher zur Schau gestellten Sex-Appeals dennoch den Eindruck von schüchternem Zögern, und tatsächlich bleibt sie ja auf dem Boden sitzen. Dazu noch die hochgezogenen Brauen, die an Staunen denken lassen – worüber sie sich wundert, wer kann es sagen? Vielleicht weil sie Männerblicke absichtslos auf sich zieht und dies bei aller Naivität trotzdem mit dem Instinkt der Frau erfasst – ferner der zugespitzte Mund, der dem hübschen Gesicht etwas Unschuldiges, dabei – oder gerade dadurch – aber doch Urweibliches verleiht. Um es kurz zu machen: Ich hatte mich in diese Figur verliebt. Wir kauften sie und ließen sie bruchsicher verpacken.

„Sie ist für Eveline!“, erklärte Susi trotz mehrerer Einwände meinerseits, denn ich hätte mir dieses Mädchen sehr gerne behalten.

In den heißen, wolkenlosen Sommermonaten tönt aus den griechischen Olivenhainen ein ohrenbetäubendes, schrilles Konzert, der rhythmisch hackende, allgegenwärtige Liebeschoral der Zikaden. Er beginnt bei Sonnenaufgang und endet bei Sonnenuntergang. Abermillionen dieser Insekten sitzen auf den mit rissiger Rinde bedeckten Ölbaumstämmen und zirpen und zirpen. Drei verschiedene Arten dieses Zirpens kann man heraushören, sollte man sich überhaupt dafür interessieren: Am deutlichsten ist das rhythmischen Stakkato im Viervierteltakt, das von einer mittelgroßen, sehr häufigen Zikadenart stammt, gefolgt von einem ebenfalls sehr lauten, flotteren Gezirpe, welches von einer deutlich größeren Art hervorgebracht wird und sich durch kürzere Gesangsperioden auszeichnet, die jedes Mal mit einem verebbenden Ton enden, um gleich darauf wieder hektisch von Neuem anzufangen. Die dritte Melodie lässt sich nur bei genauem Hinhören identifizierten, es ist ein ebenfalls hochfrequentes, aber durchlaufendes Lied, welches von kleinen Zikaden herrührt. Unser Freund, der Fischer Nikos, hatte einmal gesagt: „Das Männchen singt, das Weibchen ist stumm und findet das Männchen durch dessen Lied; es nähert sich ihm von hinten und dann kommt es zur Paarung."

Zikaden sind Insekten aus der Gruppe der Schnabelkerfe, also verwandt mit allen Arten von Wanzen, Wasserläufern, Rückenschwimmern, aber auch mit den weitverbreiteten Pflanzenschädlingen, den Blattläusen. Mit letzteren verbindet sie vor allem die Art ihrer Ernährung, die ausschließlich aus Pflanzensäften besteht. So wie Blattläuse haben nämlich auch die wesentlich größeren Zikaden einen Rüssel, den sie unter ihrem Leib zwischen den Ursprüngen der drei Beinpaare geklappt verbergen. Damit bohren sie das harte Holz von Ölbäumen oder Kiefern an, um an ihr Lebenselixier, den Pflanzensaft zu gelangen.

Nun haben es Pflanzensäfte an sich, dass sie zwar reich an Zucker sind, jedoch eine nur sehr geringe Konzentration von Eiweißstoffen enthalten, auf die es die Tiere aber vornehmlich abgesehen haben. So müssen sie große Mengen an Saft aus den Stämmen saugen, um genügend Proteine zu bekommen. Was aber machen sie mit dem Überschuss an Zucker, den sie aufnehmen, jedoch nicht verwerten können? Ganz einfach: Sie scheiden ihn durch zwei kleine Röhrchen am Hinterende des Insektenleibes aus. Wer kennt nicht die verklebten Blätter von Topfpflanzen, die unter suboptimalen Bedingungen und voll von Parasiten dahin kümmern? Zu allem Überfluss bietet dieser süße, klebrige Überzug einen idealen Nährboden für manche Pilze, die die Pflanze schließlich umbringen. Ameisen lieben den Zucker und melken die Blattläuse mit ihren Fühlern. Blattläuse und Zikaden setzen den überschüssigen Zucker nämlich auch als wirksame Waffe gegen Fressfeinde ein, indem sie ihn aus den Röhrchen dem Feind direkt auf den Kopf spritzen, ihn damit verkleben und sogar töten können. Ameisen nützen das aus, indem sie die Blattläuse kitzeln, sie sammeln den Zucker und nähren sich davon – ja man sagt sogar, dass es die Ameisen seien, welche die Schädlinge regelrecht züchten würden. Zikaden setzen auf der Flucht wohlgezielte Fontänen von Zuckerwasser ab.

Die mediterranen Singzikaden sind zwar für Insekten groß, doch trotz ihres unüberhörbaren Gezirpes nicht leicht zu entdecken. Sie verfügen nämlich über eine perfekte Fähigkeit zur Tarnung, indem sie aussehen wie die Rinde der Bäume, auf denen sie sitzen. Ihre Flügel sind transparent. Durch einen Trick, den ich nicht entschlüsselt habe, sind sie imstande, die Schallwellen ihres Gesanges in verschiedene Richtungen zu lenken, sodass sich der Ursprung der Schallquelle, also die Zikade nicht gleich orten lässt. Dazu kommt, dass das Lied unregelmäßig wird und schließlich ganz verstummt, sollte man sich dem praktisch unsichtbaren Sänger ab einer gewissen Fluchtdistanz zu schnell nähern; zuerst verstummt die Zikade, nähert man sich weiter, so springt sie von ihrem Sitz weg, sprüht einen mit Zuckerwasser voll und entschwindet schnarrend in wankendem, trudelndem Flug durch das Blattwerk. Irgendwo lässt sie sich dann nieder und fängt erneut an zu zirpen. Dieses Lied ertönt, solange die Sonne scheint. Ziehen Wolken auf, fällt ein Schatten auf die Zikade, so verstummt es. Übrigens soll das biblische Manna auch ein zuckerhaltiges, nahrhaftes Ausscheidungsprodukt von Zikaden sein.

Zikaden haben als geflügelte Volltiere eine kurze Lebensspanne. Geht man aufmerksam durch einen Olivenhain, so findet man immer wieder tote Tiere auf dem Boden liegen. Ich habe schon immer Gefallen an Insekten gefunden, Zikaden sind da keine Ausnahme. Ihre gedrungenen, spindelförmig kompakten und doch delikat strukturierten, chitinharten Körper mit den nach Nachtfalterart dachartig darüber gefalteten, durchsichtigen und fein geäderten Flügeln befriedigen meinen Sinn für funktionelle Ästhetik. Der Kopf mit seinen seitlich herausstehenden knopfförmigen Facettenaugen und den kurzen Fühlerstummeln sitzt dem Brustteil ohne Halsstück an. Oft und oft habe ich mich an zirpende Männchen herangeschlichen, weil ich sehen wollte, wie dieses markante Geräusch erzeugt wird, aber ich habe es nicht herausgefunden. Weder Beine werden – so wie bei Heuschrecken – an Flügeln gewetzt noch Chitinringe aneinander gerieben, absolut nichts. Still und starr – trotz des immensen Lärms, den so ein Leib hervorbringt, vermochte ich kein Zittern, kein Tremolo, keine auch noch so geringe Bewegung zu erkennen, die Zirporgane sind im Inneren verborgen und der Körper dient als Resonanzkasten.

Eines Tages bei einem meiner Rundgänge fand ich wieder einmal eine tote, vertrocknete, jedoch anatomisch noch intakte Zikade. Ich hob sie auf und legte sie auf die Granitplatte des Tisches unter dem weitausladenden Olivenbaum vor dem Haus, das wir bewohnten. Ich dachte mir, es wäre doch einfach, mit meinem neuen, hochauflösenden digitalen Fotoapparat eine Nahaufnahme davon anzufertigen. Man kann so viele Bilder machen wie man will, dann sieht man sie sich an und verwirft die unbrauchbaren. Zu Hause lässt sich auf dem Computer eine noch genauere Auslese treffen, zudem kann man die Bilder grafisch bearbeiten. Ich kramte also den Apparat aus meiner Reisetasche und begutachtete den Zikadenleichnam durch das Objektiv aus mehreren Blickwinkeln. Trotz der großen Nähe, welche mir Elektronik und

Optik erlaubten, wirkte das Bild unkomponiert, leer. Vor Jahren waren mir weit bessere Bilder von lebenden Zikaden gelungen, an die ich mich mit viel Geduld langsam herangepirscht hatte.

Ohne Grund fiel mir plötzlich die Figur ein, die wir unlängst in Milina erworben hatten, das Mädchen mit dem blau-weiß gestreiften Badeanzug. Weil Susi diese Miniatur ohnehin verschenken würde, wollte ich sie wenigstens fotografieren; warum also nicht gemeinsam mit der Zikade? Ich packte die Statuette aus, stellte sie auf die Tischplatte, legte die tote Zikade daneben und machte mehrere Aufnahmen, von denen mir einige auch ganz gut gefielen.

Während dieser Tätigkeit dachte ich plötzlich an Paula, unsere Tochter, die diese Sommerferien nicht mit uns verbrachte, da sie keinen Urlaub bekommen hatte. Warum ich gerade während des Fotografierens an sie dachte? Einfach zu erklären: Erstens war da dieses Plastikmädchen, dessen Alter etwa dem von Paula entsprach und zweitens... die Zikade... die tote Zikade. Und damit hatte es folgende Bewandtnis:

So wie ich hatte auch Paula großes Interesse an Insekten, das sich schon in ihrer frühen Jugend offenbarte, denn sie fing alles, was flog und krabbelte – sogar die giftigsten Tiere hier in Griechenland wie metallisch schillernde Hummeln, Dolchwespen, Skorpione, Hundertfüßer, Gottesanbeterinnen –, um sich von mir über Wesen und Naturgeschichte ihrer Beute aufklären zu lassen. Natürlich redeten wir bei solchen Anlässen auch über Zikaden, deren Geschrei hier allgegenwärtig war. Ich zeigte ihr, wie man diese singenden Insekten beschleichen und fangen kann, ohne sich durch ihre Schalltricks übertölpeln zu lassen. Bald schon vermochte sie die drei Hauptgesänge trotz des allgegenwärtigen Schallchaos herauszufiltern und voneinander zu unterscheiden, was mich noch heute wundert, denn sie war damals erst fünfeinhalb Jahre alt. Ich erzählte ihr alles, was ich über diese Kerbtiere wusste. Es war nicht sehr viel, aber an eines erinnere ich mich noch genau: Es betraf die Entwicklung der Zikaden.

Sie vollziehen eine unvollständige Verwandlung vom Ei über die Larve zum Vollinsekt – ein Puppenstadium wie etwa bei den Schmetterlingen fehlt. Das befruchtete Weibchen legt die Eier in die Erde, woraus nach einiger Zeit kleine Larven schlüpfen, die unterirdisch weiterleben und sich mehrmals häuten. Wachstum und Entwicklung erfolgen über mehrere derartige Larvenstadien, wobei die Dauer des unterirdischen Daseins bei den verschiedenen Arten unterschiedlich ist. Manche benötigen etwa eine Woche, andere brauchen Jahre. Irgendwann gräbt sich die voll entwickelte Larve aus dem Erdboden, krabbelt ein kurzes Stück an einer Mauer, einem Stamm, einem Pflanzenstängel hoch, platzt am Rücken auf und heraus schlüpft die voll entwickelte Zikade. Deren Leib ist allerdings noch weich, bläulich gefärbt, auch die Flügel sind noch gefaltet, untauglich zur Fortbewegung in der Luft – es dauert eine ganze Weile, bis Panzer und Chitin der Flügel aushärten. Aber irgendwann ist es dann so weit, die Zikade fliegt davon, zurück bleibt die mit ihren Beinen an der Unterlage festgekrallte, leere, vertrocknete Hülle des letzten Larvenstadiums. Ob das nicht eine Metapher für unser Leben sein könnte – der Körper nichts als eine Larve, aus dem wir bei unserem gemeinhin als physischen Tod bezeichneten Ableben als völlig andersartige Wesen schlüpfen und den Leib verrottend zurücklassen?

„Und das Eigenartige ist“, erklärte ich Paula, „dass die geflügelten Zikaden nur kurz zu leben haben, gerade lange genug, um sich zu paaren. Das sind fünf bis sechs Wochen.“

„Und was passiert danach?“, wollte sie wissen.

„Das Weibchen legt seine Eier ab.“

„Und?“

„Dann stirbt es. Auch das Männchen stirbt.“ Eigentlich sind die sogenannten Volltiere nur Fortpflanzungsmaschinen, dachte ich. Es gibt Schmetterlinge wie das große Wiener Nachtpfauenauge, bei denen die Volltiere nicht einmal Nahrung zu sich nehmen. Das besorgen die Raupen, die als reine Fressformen auf Kirschbäumen ihr Unwesen treiben – zumindest aus menschlicher Sicht.

„Aber das ist doch arg", stellte Paula entgeistert fest, „so lange unter der Erde und dann nur so kurz das schöne Leben in der Luft."

„Es sind Tiere", schwächte ich ihre Romantik ab, „die empfinden nicht so wie Menschen."

„Trotzdem, mir tun sie leid."

„Betrachte es einmal anders", fuhr ich fort, „man könnte doch das Dasein unter der Erde als ihr eigentliches Leben ansehen, denn vielleicht ist dieser Abschnitt für die Zikaden der wichtigere. Die Libellen zum Beispiel legen ihre Eier am Wasser ab und ihre Larven sind schwimmende Räuber, die vier Jahre lang von unstillbarem Heißhunger getrieben alles, was sich bewegt, aus den Teichen morden. Dann kriechen sie plötzlich an die Luft heraus, platzen auf wie die Zikadenlarven und heraus schlüpft die fertige Libelle."

„Die Natur ist ungerecht", murrte Paula, von meiner Darstellung der Dinge keineswegs befriedigt, „da müssen die Zikaden als Larven so lange in der dunklen Erde hausen und dürfen dann nur so kurz im Licht glücklich sein."

„Insekten sind nicht glücklich oder unglücklich. Denk dir nur, Maulwürfe – das sind immerhin hochentwickelte Säugetiere – die verbringen fast ihr ganzes Leben unter der Erde. Sie haben nicht einmal funktionierende Augen. Für einen Maulwurf ist es schrecklich, aus seinem unterirdischen Bau heraus zu müssen. Der ist glücklich im Finstern." Und nach einer Pause fügte ich hinzu: „Die Larven der Mittelmeerzikaden bleiben vier bis acht Jahre unter der Erde, ähnlich wie die Engerlinge der Maikäfer."

„Eine sehr, sehr lange Zeit“, bemerkte Paula nachdenklich.

Ich sagte: „Und in Südamerika soll es eine Zikadenart geben, deren Larven gar 20 Jahre im Inneren toter Baumstämme verbringen und verrottendes Holz fressen wie unsere Hirschkäferlarven. Dann erst schlüpfen sie.“

„Und fangen an zu singen“, stellte Paula fest.

Ich wusste nicht, ob die besagte Spezies überhaupt singt, doch ich nickte: „Aber sie leben trotzdem nur wenige Wochen als geflügelte Tiere.“ Damit war unser Gespräch beendet.

Die Tage vergingen. Wir hatten es sehr schön, surften, segelten, tauchten, schwammen, wanderten, tranken Retsína und ungeharzten Rotwein und aßen, was uns aus der griechischen Küche schmeckte. Tag für Tag begleitete uns der hackende, bisweilen nahezu swingende Diskant der Zikaden, wurde zu einer akustischen Selbstverständlichkeit, an die man sich nach einigen Wochen so gewöhnt hatte, dass man nichts mehr davon bewusst wahrnahm.

Eines Tages jedoch hörte ich es in meiner Nähe schluchzen. Eben schickte sich die Sonne an, als Glutball hinter einer vorgelagerten kleinen Insel zu versinken, und ließ die Silhouetten der Ölbäume dort wie den Schattenriss einer Kamelkarawane aussehen. Ohne Zweifel: Es war Kinderschluchzen. Ich legte mein Buch beiseite und ging hinter das Haus nachsehen. Dort stand Paula, ein Häufchen Elend, dicke Tränen rannen ihr über die geröteten Wangen, ihr ganzer Körper wurde von Weinkrämpfen geschüttelt. Ich fragte sie, was ihr widerfahren sei, aber sie konnte nicht sprechen und stieß nur Bruchstückhaftes hervor, dem ich entnehmen konnte, dass irgendetwas mit einer Zikade geschehen war. Ich legte ihr den Arm um die Schultern und versuchte sie zu beruhigen. Verletzungen entdeckte ich keine, woher kam also dieses Leid?

Es dauerte eine Zeit, bis sich Paula so weit gefasst hatte, dass sie einigermaßen zusammenhängend berichten konnte, was so Entsetzliches sie hatte mit ansehen müssen: Sie war mit ein paar anderen ungefähr gleichaltrigen Kindern beim Spielen zusammen gewesen. Dabei hatte sie zufällig eine Zikadenlarve entdeckt, die an einem Zaunpfahl hochgekrochen und schon aufgeplatzt war. Die Zikade schickte sich eben an, sich durch den Riss aus ihrem Larvenpanzer in die Freiheit zu zwängen. Gebannt beobachtete Paula dieses Wunder. Aber sie wollte das Erlebnis mit jemandem teilen, und so rief sie einen Buben herbei, den, der ihr gerade am nächsten war – der kam auch gleich daher, wusste noch gar nicht, was Paula von ihm wollte, aber er sah die ausschlüpfende Zikade und zerdrückte sie mit einem Ausdruck des Ekels auf den Lippen mit einem Stein.

Das war schneller geschehen als Paula reagieren konnte, sie verstand diese Tat nicht, weil sie jenseits ihrer Vorstellung lag – deswegen hatte sie den Buben auch nicht daran gehindert. Es dauerte einige Augenblicke, bis sie begriff, vielleicht hatte sie sich auch geweigert zu begreifen, welches Drama sich da vor ihren Augen abspielte: Wie konnte jemand nur so grob und böse sein, etwas Derartiges zu tun! Nach schier ewiger Zeit unter der Erde war dieses Tier endlich ans Licht gelangt, um sein Dasein richtig zu entfalten! Genau da war es von diesem herzlosen Buben ermordet worden, ermordet nach so langer, geduldiger Wartezeit in totaler Finsternis, ohne noch die vor ihm liegenden Freuden des Lebens je kennengelernt zu haben.

„Natürlich war der Bub achtlos und hat die Schönheit dieses Augenblickes nicht erkannt“, versuchte ich es, „aber um die Zikade trauern brauchst du nicht, denn bei Insekten darfst du nicht mit Gefühlen rechnen, wie du sie von den Menschen kennst. Auch Hühner leben ohne Furcht beim Bauern, denn sie wissen nicht, dass sie doch irgendwann im Suppentopf landen. Du könntest es ihnen nicht einmal mitteilen – und selbst wenn sie es beobachten würden – verstehen könnten sie es trotzdem nicht. Es ist schon möglich, dass sich manche Tierarten freuen können, dass sie auch trauern, so etwas kennt man von Hunden. Aber nicht von Zikaden."

„Trotzdem Papa, nach so vielen Jahren unter der Erde kann sie endlich, endlich Tageslicht sehen…, freut sich auf das echte Leben und schon ist es aus. Zerdrückt…" Wieder wurde sie von einem heftigen Anfall geschüttelt.

Wir redeten noch länger miteinander, wobei sich Paula allmählich fasste. Ich erzählte ihr von den Würmern, die immer unter der Erde leben und für die das ganz natürlich ist, denn wenn sie den Schutz des Bodens verlassen, trocknen sie aus, von Ameisen berichtete ich, auf die man ohne böse Absicht tritt, von lästigen Mücken und Fliegen, die man mit Eifer erschlägt, vergiftet oder mittels Klebefallen fängt. Messen wir Menschen unsere Umwelt nicht immer mit zweierlei Maß? Was uns schadet, wird ohne Hemmung ausradiert, was uns nützt, wird wohl gehegt, aber bei Bedarf geschlachtet, zerstückelt, aufgefressen oder eingeschläfert, wenn es uns nicht mehr dient. Wer weint schon um die Wale, die Tunfische, die Garnelen, Langusten und Hummern, um die Austern, von denen wir uns ernähren. Wer hat je die Rinder, Schweine, Lämmer, Ziegen gezählt, die in den Schlachthöfen dem allesverschlingenden, unstillbaren Hunger des Menschen geopfert werden? Was gilt da so eine Zikade?

Und doch, ich konnte damals gut verstehen, was Paulas junges Herz so sehr betrübt hatte und verstehe sie auch heute noch, selbst wenn dabei dieses Mikrodrama aus anthropozentrischer Sichtweise betrachtet wird: Es ging darum, dass etwas über lange Zeit unter Mühen vorbereitet wird, etwas Schönes, Wichtiges, nur um dann, ehe es zur vollen Blüte gelangt, gedankenlos ausgelöscht zu werden, brutal gehindert an der endgültigen Entfaltung, die wir ja gerne als den eigentlichen Zweck des Lebens ansehen, sodass durch diesen Akt das gesamte Vorleben zur Sinnlosigkeit degradiert. Irgendwie – und dabei spüre ich selber einen Kloss im Hals – erinnert es mich an das schlimmste Unglück überhaupt, das einen Menschen treffen kann, an den Tod eines Kindes.

Doch eines muss ich hier noch anmerken: Das Bild des Mädchens mit der Zikade ist seit letztem Sommer mein Bildschirmschoner.

2

Der Herr Baron und der Kutscher

Meine Mutter, mit der ich als junges Mädchen manchmal in der Grazer Innenstadt einkaufen ging, kommentierte gern die verschiedenen Menschen, denen wir auf der Herrengasse begegneten, und weil sie manche Vorübergehende kannte, oft mütterliche, dirndltragende Damen in mittleren Jahren mit biederen Frisuren, wie ich dachte, denn ich war kritisch mit meinen sechzehn Jahren, wurde sie dementsprechend oft aufgehalten, des Langen und des Breiten begrüßt und zumeist ergab sich auch ein kurzes Gespräch oder wenigstens der Anfang einer Unterhaltung. Über viele wusste sie eine Geschichte, irgendeinen kleinen Klatsch, der mich zumeist eiskalt ließ, weil ich zu diesen alten Leuten ja keinerlei Beziehung hatte und ich sie alle miteinander als furchtbar öd und langweilig einstufte. Meine Mutter sah toll aus in ihrem langen Lodenmantel, und ich wusste, dass sich die Leute gern mit ihr sehen ließen, weil sie hübsch war und lustig, und sie deshalb auch ohne weitere Umstände auf der Herrengasse zu einem kurzen Tratsch stehen blieben wie an jenem Tag, obwohl ein frostiger Wind durch die Straße fauchte, der ohne jeden Respekt vor den Fußgängern an ihren Mänteln riss und Wolken grauen Staubes und zerknüllte Zeitungen vor sich hertrieb.

Es war also an diesem windgeschüttelten, ungemütlichen Tag, dass uns ein etwas korpulenter Herr auf der Grazer Herrengasse entgegenkam, ungefähr auf halber Höhe könnte es gewesen sein, dem Landhaus gegenüber, doch handelte es sich diesmal um eine eher ungewöhnliche Begegnung. Zwar kam mir der Herr auf den ersten Blick bekannt vor, obwohl ich seinen Namen nicht wusste, mir aber gleichwohl sicher war, dass er in der Glacisstraße verkehrte, in dem Stadthaus, wo wir damals wohnten. Besagter Herr, sicher Mitte sechzig, elegant, ältlich, wirkte schon auf den ersten Blick wie jemand mit schlechter Laune, er gab sich keine Mühe, sein rötliches, griesgrämiges Gesicht, das er mit einiger Arroganz vor sich her trug, vor den Herrschaften auf der Straße zu verbergen, weshalb er nicht so aussah, als liefe er vor seinem Schicksal davon, das keinem mittelmäßigen Leben zu verdanken war. Sein schütteres, eisengraues Haar hatte er aus der breiten Stirn gekämmt und aus einem welken Gesicht starrten tränende, graublaue, sicher kurzsichtige Augen. Wo das Hemd trotz der frostigen Temperatur am Hals weit offen stand, wucherte Körperbehaarung wie der Pelz eines Wolfes.

Der Mann, der trotz dieser tierischen Behaarung wie ein Herr wirkte, strahlte etwas Ketzerisches aus, ich wusste nicht was, empfand es aber so. Lässig trug er einen dunkelblauen Blazer mit schweren Goldknöpfen auf seinem Spaziergang durch die Grazer Innenstadt, und seine langen Beine, die sich am Hauptplatz in Bewegung gesetzt hatten und nun in der Nähe des Landhauses angekommen waren, steckten in einer grauen Hose und angestaubten Schuhen aus braunem Leder, sodass man ruhig behaupten durfte, dass er sich, was seine Kleidung betraf, von anderen Männern nicht weiter unterschied, und er wäre wohl auch nicht aufgefallen, wäre da nicht *sie* gewesen. Sie war es, die den Unterschied zwischen dem grantigen Herrn und der Masse bewirkte.

Ein schwarzhaariges, elfenartig schlankes Mädchen mit Glutaugen, das sich bei ihm eingehakt hatte, machte es aus, dass man hinsah, hinschauen musste, weil es nicht anders ging. Ja, dieses kostbare weibliche Geschöpf führte der missmutige Herr am Arm über die Herrengasse, die durch dieses Ereignis durchaus an Licht und Glanz hinzugewann wie auch der zerknitterte Herr selbst. Ich hielt das schöne junge Mädchen für höchstens zwei drei Jahre älter als mich selbst. Sie wirkte unglaublich elegant, fröhlich, hell, glänzend, verführerisch. Obwohl sie keinen Pelz trug, weder Nerz noch Lamm, keinen Marder oder was auch immer, sondern im Gegensatz zu oft zweifelhaft aufgeputzten Damen in einem schlichten dunklen Seidenkostüm unter einer grauen Lodenjacke ging, wenn auch mit eleganten hochhackigen roten Lederschuhen, drehte man sich jedenfalls nach ihr um.

Gebannt und sehr neidisch beobachtete ich, wie sie einen rotbeschuhten Fuß vor den anderen setzte und im Näherkommen auch ein hinreißendes Lächeln erkennen ließ. Kurz darauf hielt das Paar vor uns an, ein kurzer Gruß wurde gewechselt, der Herr musterte mich von oben bis unten, wobei er ganz unverschämt grinste, und weil ich seiner Blicke sowie des frechen Grinsens wegen sehr stark errötete, grinste er noch frecher – und schon waren sie wieder vorbei. „Sie sind Freunde von Tante Ilse, die im dritten Stock wohnt“, erklärte meine Mutter.

„Aha, na und wenn schon...“, doch wartete ich gierig auf die mit Sicherheit eintretende Gelegenheit, von der Mutter mehr über den Herrn und das schwarze Raubtier zu erfahren, weil sie ja Geschichten erzählt bekam und sie gern oft ausgeschmückt oder auch leicht verändert nacherzählte, und während wir weitergingen, stellte ich mir vor, wie das schöne Mädchen mit dem Rabenhaar auf einem Leopardenfell ruhte, ein nilgrünes Seidenkissen in ihrem Rücken.

Die Mutter sprach mit bitterer Stimme jene Wahrheit aus, die mir wohl jede märchenhafte Illusion rauben sollte: „Die Tochter einer kleinen Schneiderin ist sie. Und er, der alte Depp, ein Baron. Jedermann in Graz kennt ihn oder behauptet dies zumindest. Ein Bekannter von...", und sie nannte Namen mehrerer bekannter Familien. „Schlossherr ist er und natürlich Multimillionär, Besitzer von Wäldern, Fabriken, Villen und so weiter, in Ungarn und London, in Wien und in Graz. Während der Nazizeit musste er nach England emigrieren, aber jetzt hat er alle seine Güter zurückbekommen. Und weil er Emigrant war, hält er sich heute für was Besseres; so sagen die Leute jedenfalls", sagte die Mutter. „Aber heut hat er echt abgetakelt ausgeschaut, im Gegensatz zu ihr, der Rebekka, so heißt sie nämlich. Mit dieser leichtfertigen Person, die sich an einen geilen alten Mann verkauft hat, lebt er jetzt gerade zusammen. Geschieden soll er auch sein, allerdings zum dritten Mal. Und weißt du was? Zu diesem schlampigen Haushalt gehört außerdem noch eine Herde von ungefähr 200 Katzen!"

„Und die junge Frau? Rebekka?" Ich spürte Eifersucht an mir nagen. Weil ich nie so schön sein würde wie diese Pantherfrau.

Die Mutter spann ihre Gedanken fort: „Tochter einer kleinen Hausschneiderin, die auch bei Tante Ilse im dritten Stock näht, du kennst sie ja, die Frau Huber..., sie hat dir doch das schicke gelbe Kostüm genäht, und einmal ist Rebekka dort aufgetaucht, eben als der Baron bei Tante Ilse auf der Dachterrasse Tee trank, wahrscheinlich feine Brötchen oder auch gefüllte Eier aß und irgendwann garantiert auf der Dachterrasse ihre rosa Hortensien bewunderte, während sich Frau Huber an der Nähmaschine abstrampelte. Wie dem auch sei, der Baron hat einen Blick für schöne Frauen! Rebekka hat ihm auf den ersten Blick gefallen. Und hübsch ist sie ja wirklich, unglaublich! Diese Figur, das herrliche Haar, die goldene Haut! Der Baron hat halt Geschmack. Er kann sich ja alles kaufen, was er will... natürlich beschenkt er Rebekka, die er sich jetzt als jugendliche Freundin hält, auch dementsprechend reich: Goldarmbänder, Brillantcolliers, er speist mit ihr im Hotel Wiesler, im Weizer, im Steirerhof, reist mit ihr um die Welt, zu den Salzburger Festspielen oder gar nach Bayreuth, wo unsereins niemals hinkommen wird, und Garderoben kauft er ihr, alles, bis auf Pelze, o mein Gott, mein Gott, manchen Leuten geht es halt doch zu gut… sogar ein Auto hat er! Es ist… es ist unglaublich."

„Pelze? Wieso gerade die nicht?"

„Er ist beim Tierschutz. Da kann er es sich einfach nicht leisten, seine Geliebte mit Pelzen zu behängen", erklärte die Mutter. Sie schwieg und überlegte vielleicht, welche Auswirkungen oder Verpflichtungen eine Mitgliedschaft beim Tierschutz mit sich brachte und schaute dabei mit halb zugekniffenen Augen auf die gelben Gebäude mit den rötlichen Dächern am Ende der Herrengasse, wo der Jakominiplatz beginnt, als könnte sie dort die Antworten auf ihre Fragen ablesen.

Pause. Stimmt, irgendetwas Faszinierendes war an dem Paar, Eleganz, Großzügigkeit, Snobismus. Etwas Hochnäsiges und gemein Herablassendes hatte vor allem der Herr ausgestrahlt. Sein Blick hatte mich getroffen, beschämt, jedenfalls beunruhigt, gleichzeitig aber mit Neugierde erfüllt, und dieser seltsame, flüchtige Zustand drohte mich für einen Moment aus dem Gleichgewicht zu bringen. Dass solcher Reichtum möglich sein konnte?! Kein Kleinbürgermief, sondern die Stimme einer anderen Welt, wie ein Degen so scharf und ganz unerreichbar, daher mir versperrt, wie ich instinktiv verstanden hatte. „Gehen wir weiter", befahl meine Mutter, „ich sollte ja eigentlich noch zum Modenmüller, die haben jetzt Ausverkauf. Und was ich dir noch sagen wollte… ich meine, dieser Baron von Z., – in Wien lebt übrigens sein Bruder, ein berühmter Verleger, mit dem er, glaub' ich, zerstritten ist – der Baron verschleudert sein ganzes Geld, Millionen sind das. Und alles für die Katz!"

„Wirklich wahr?"

„Hundertprozentig sicher für lebende echte Katzen. Dafür gibt er sein Geld aus. Während wir nicht wissen, wie wir über die Runden kommen sollen mit vier Kindern, kümmert er sich um Tiere."

„Das finde ich gut", erklärte ich im Brustton der Überzeugung etwas störrisch, weil mir schien, dass die Mutter Einwände gegen die ehrenamtliche Tätigkeit des Herrn Baron von Z. in sich kultivierte, die sie zwar nicht direkt ausgesprochen, ihrer ganzen Haltung, der Stimme, Gestik nach aber indirekt angedeutet hatte, doch musste ich gleich darauf meinen Irrtum erkennen, weil ich die Mutter sagen hörte: „Seine Freundin darf deswegen keine Pelze tragen, wie ich dir ja schon erklärt habe. Obwohl er ihr sonst alles schenkt, was sie sich erträumt oder in einer Auslage entdeckt, sagt jedenfalls die Ilse, – alles, bis auf Pelze. Ich finde das konsequent. Denk mal an die armen Nerze in ihren engen Käfigen." Ich versuchte es, aber es gelang mir nicht wirklich, in meinem Kopf das Bild eines im Käfig gehaltenen Nerzes zu produzieren, und so erkundigte ich mich, warum sowohl der Herr Baron als auch seine hübsche Freundin Schuhe aus Leder trügen, Handtaschen und Gürtel aus demselben Material und so weiter.

„Das müsstest du ihn schon selber fragen. Soweit ich weiß, ist er auch nicht Vegetarier. Nein, so extrem ist er nicht, aber Katzen aller Arten und Schattierungen bevölkern sein Schloss, wo es, wie ich von Ilse gehört habe, entsetzlich stinken soll. Er sucht die Bauern auf, fragt, ob sie junge Katzen haben, und wenn der Bauer sagt, er müsse sie sowieso ertränken, zückt der Baron sein Portemonnaie und kauft sie ihm ab, für viel Geld, wohlgemerkt, obwohl er sie sicher auch umsonst haben könnte. Und so nimmt die Zahl seiner Katzen immer weiter zu, außerdem vermehren sie sich ja unbeschreiblich. Ich halte diese Art der Tierliebe für übertrieben. Sie hocken auf seinen Sofas, paaren sich in seinem Bett, liegen auf dem Küchentisch, machen überall hin, fressen seine Vorräte auf, entsetzlich soll es sein. Statt Blumenduft umfängt den Besucher im Hause des Herrn von Z. der scharfe Gestank von Katzendreck. Er hat halt nichts Lebenswichtiges mehr zu tun – wie unsereins", seufzte sie, „keine wirklich bedeutenden Angelegenheiten. So kannst du ihm zum Beispiel oft am Kaiser-Josef-Platz beobachten, wie er dort mit großer Gestik Maiskörner verstreut, für die Tauben, von denen es in Graz sowieso viel zu viele gibt. Diese Viecher bedrecken doch alle Fassaden und übertragen Ungeziefer. Tuberkulose, hab' ich gehört. Ich denke, die gehören nicht gefüttert, sondern eher dezimiert. Aber eins muss man ihm lassen, dem Herrn Baron!"

„Und was?"

„Dass er Zivilcourage hat und für seine Ansichten sogar ins Gefängnis gehen würde." Die Mutter war stehengeblieben und schaute die Herrengasse Richtung Eisernes Tor hinauf, wo auf einmal warmes Sonnenlicht blendete und Leute auf und ab gingen und die Straßenbahn vom Jakominiplatz herannahte. Der frostige Wind hatte etwas nachgelassen. Die Mutter machte sich wieder auf, sich durch das Dickicht der Fußgänger zu zwängen, und als sie weiter erzählte, tat sie es mit einer ziemlich energischen Stimme. „Zivilcourage", sagte sie, „die hat er schon, man muss es ihm lassen trotz all seiner Arroganz. Es gab da eine wirklich arge Geschichte um einen Bierkutscher, der sein Pferd misshandelt hatte", fuhr die Mutter fort, „und dieses Ereignis hatte einen in der ganzen Stadt genüsslich kommentierten Skandal um den Baron zur Folge. Ein Bierkutscher war es, wie ich gelesen habe, und auch die Ilse hat es mir so bestätigt, ein betrunkener Kerl, ein Monster mit riesigen, behaarten Pranken, der dem Baron kaum bis an die Achselhöhlen reichte, ein Mann mit dem Gesicht einer bissigen Bulldogge, nach Schnaps stinkend, von Schnaps triefend auf dem Bock eines Fuhrwerkes, wo er sich in seinem Suff gerade noch halten konnte, also – wie du dir vorstellen kannst – ein äußerst rohes, gemeines, sehr vulgäres Individuum mit einer Peitsche in der Hand.

Ein vierrädriger, klobiger Leiterwagen, schwer beladen mit hölzernen Bierfässern, musste sich bei Wind und Wetter, bei Glatteis und vielleicht auch strömendem Regen durch eine enge Straße quälen, aber wenn ich vom Fuhrwerk und dem Kutscher rede", sagte die Mutter, „meine ich natürlich das Pferd, denn dieses bedauernswerte Wesen war ja die leidtragende Kreatur, denn, selbst wenn sich der kräftige Gaul noch so abmühte, kam er wegen der tonnenschweren Ladung bei dem Glatteis nicht vom Fleck, gerade als der Baron eintraf und mit ansehen musste, was da an Tierquälerei vor sich ging. Doch das kümmerte die zahlreichen Zuschauer nicht, die sich auf dem Trottoir eingefunden hatten, wo sie eng aneinander gedrängt, kommentarlos zusahen, wie ein Tier halb zu Tode geschunden wurde, ein gedrunger Brauner mit Schaum vor dem Maul, mit feuchtgeschwitztem Fell, natürlich lahmend, eine geschundene Kreatur, deren Qual und Elend mehr als zum Himmel schrien, das steht fest.

Das Pferd stemmte sich verzweifelt kämpfend ins Geschirr, während es vom Kutscher auf das Wüsteste und Allergemeinste beschimpft wurde. Das Ross schaffte es nicht, kam einfach nicht vom Fleck. Die Ladung mit den Bierfässern blieb stecken. Der viel zu schwer beladene Wagen kippte seitwärts, ein paar Fässer rollten polternd vom Wagen, knallten auf das Pflaster, wo sie zischend platzten, sodass sich Bäche von Bier über die Fahrbahn ergossen. Ein Verkehrsstau bildete sich sofort. Immer mehr neugierige Passanten blieben auf den Gehsteigen stehen, um zu beobachten, wie das dampfende Pferd mit den Hufen auf dem eisigen Boden scharrte und wie es endlich zu wiehern begann. Ja! Endlich war da etwas los! Krawall, Streit lag in der Luft. Aber keiner war da, der eingeschritten wäre. Auch dann nicht, als der Kutscher, der zugleich mit den rutschenden Fässern vom Bock springt, vor Wut zitternd auf das Pferd zugeht, vor seinem Bauch eine speckige Lederschürze, auf dem Kopf eine Kappe, in der Hand die Peitsche, ohne die er nicht auskommen kann auf seinen Bierfuhren. Und dann stellt er sich vor das Ross, holt mit der Peitsche aus und schlägt gnadenlos zu.

In diesem Augenblick trifft der Baron Z. am Schauplatz ein. Ungeachtet des Verkehrsstaus hält er sein Auto an, springt heraus, lässt den Wagen mit weit aufgerissener Tür einfach mitten auf der Straße stehen und geht, die Schultern vorgereckt, die Arme seitwärts baumelnd mit geballten Fäusten in drohender Haltung auf den Kutscher zu, der vor Wut zitternd auf das Ross eindrischt, wieder und wieder ihm den Rücken blutig schlägt, die Flanken sind schon ganz aufgerissen. Das Tier bäumt sich in seinem Zaumzeug auf, kommt aber trotz aller Schläge mit dem halbgekippten Wagen nicht vom Fleck.

Wer hat hier Mitleid? Niemand? Der vor Wut rot angelaufene Bierkutscher brüllt unflätige Beschimpfungen, eine ganze Flut… ‚Wirst weitergehen, verdammtes Sauvieh, Drecksgaul, zum Abdecker bring ih di, du Luder… weiter gehst oder ih darschlog di no, du…'. Es soll entsetzlich gewesen sein. Der Baron geht also auf den Kutscher zu und zischt: ‚Wenn du Hurensohn nicht sofort aufhörst, das Tier zu schlagen, zeige ich dich wegen Tierquälerei an!'

Doch die Drohung lässt den Bierkutscher kalt wie Polareis", fuhr die Mutter fort, „aber der Baron insistiert und wiederholt seine Warnung, in der unter vielen anderen auch der besonders beleidigende Terminus Hurensohn vorkommt, mehrere Male und jetzt mit so lauter Stimme, dass ihn auch die Zuschauer hören können und es später schaffen werden, gegen ihn auszusagen. Das Pferd rutscht, schlägt aus, aber das kümmert den Kutscher nicht, der in seinem Suff, in seiner blutigen Wut das Pferd weiter verprügelt, bis es vor Angst und Schmerz in die Knie geht und schwer atmend, Schaum vor dem Maul, zitternd vor Panik auf dem eisigen Boden liegen bleibt. Dem Kutscher erscheint die Gelegenheit günstig, dem hilflosen Tier noch mehrere Hiebe zu versetzen. ‚Dir werd ih's no zeig'n, Luder, dreckert's, und du, alter Trottel, misch di' net in meine Angelegenheiten ein!', schreit er den Baron an.

Da! Auf einmal hat der Baron einen weiteren Schritt auf den Rossknecht zu getan, steht jetzt vor ihm, schaut ihm furchtlos mitten ins rote Gesicht und tut plötzlich das einzig Richtige, er entreißt dem entgeisterten Unmenschen die Peitsche, neigt sich zurück, hebt den Arm über den Kopf, holt weit aus... so... und schlägt endlich blitzschnell zu. Die Peitsche zischt wie eine Schlange durch die Luft, trifft den Schinder im Gesicht. Weitere Schläge folgen und hinterlassen tiefe, rote Striemen auf Wangen, Hals, Händen, den breiten Schultern, denn der Baron, der in seiner Jugend auch geboxt hat, kennt in seinem gerechten Zorn keine Gnade, obwohl der Rosseschinder schon um Erbarmen winselt. Als der Baron, der so lange und so lustvoll geprügelt hat, bis ihn der Arm schmerzt und er endlich die Peitsche fallen lässt, eben als auch der Bierkutscher neben dem Pferd K.o. zu Boden geht, tritt die Polizei in Erscheinung."

Wir gingen weiter, die Mutter dachte nach, die Geschichte mit ihrem Glatteis und den Schlägen und den bösen, zornigen alten Männern, die furchtbare Hiebe austeilten, berührte mich, allerlei Erinnerungen an verdroschene Rösser tauchten aus dem dunklen Strom meiner Erinnerungen auf und schon erschien mir der missmutige alte Herr in einem noch milderen Licht. Die Mutter, ausgehöhlt von gerechter Empörung, beendete die dramatische Erzählung: „‚Di, Sauhund dreckerter, na wart nur, di zeig ih an', soll der Geschlagene geraunzt haben, ‚wegen Beleidigung und Körperverletzung, du wirst mi net umasonst an dreckerten Hurensohn g'nennt hab'n, alter Trottel du!', so berichtete es die Mutter, ‚und Schmerzensgeld wirst' mir zahl'n...'"

„Die Polizei, von einem Übereifrigen herbeigerufen, erschien bald darauf, und der brave Beamte hat alles in seinen schriftlichen Rapport aufgenommen. Die Lage ließ keinerlei Zweifel zu, allein schon wegen Erregung öffentlichen Ärgernisses gab man die Schuld sofort dem Baron. In allen regionalen Zeitungen wurde die Schlägerei am nächsten Tag schon kolportiert. Das Ende der Geschichte: Der Baron durfte zwischen einer Geld- oder Gefängnisstrafe wählen. Wegen Beleidigung, mutwilliger Körperverletzung und Selbstjustiz und so weiter wurde er zu einer Strafe verdonnert. Der geschundene Gaul spielte dabei nur eine untergeordnete Rolle; ich weiß nicht, was aus ihm geworden ist. Es ist wohl anzunehmen, dass er nicht mehr lebt. Weil es keinen geschwind stürmenden Gang hatte, den Kutscher nicht entlastet hatte und weil der Kutscher, dieser Kerl, einen ganz persönlichen Hass auf sein Pferd nährte, das ihn so geschlaucht und ihm zu allem Überfluss noch Scham und Prügel eingebracht hatte. Vor Gericht wurde der Baron Z. verurteilt und weder einer der vielen Zeugen noch das Pferd" – hier stieß die Mutter ein kurzes Lachen aus – „haben ihn entlastet. So geht es eben zu in der Welt. Der gute Baron hat viel Schmerzensgeld für seine Aktion bezahlt. Und so ist der Bierkutscher letztlich gut davongekommen. Man nennt einen braven Mann, der seiner schweren Arbeit nachgeht, eben nicht ungestraft einen Hurensohn!"

Und dann gingen wir ziemlich schweigsam nach Hause.

3

Der Dackel

Vor allem Gerüche sind es, die Verflossenes herbeizaubern, es auferstehen lassen in einer Lebendigkeit, dass man für Augenblicke Erinnerungen realer empfindet als die Gegenwart. So ergeht es mir mit den Gerüchen von geschnittenem Gras und dem damit eng verwandten von Heu, die mich ohne Vorwarnung in die Kindheit zurücksetzen, in längst verschwundene Sommertage, wo ich als Bub von fünf über die abgemähte Wiese unseres Gartens laufe und Junikäfer zu fangen versuche.

Heute noch schneide ich das Gras jedes Jahr zweimal mit der Sense, weil der steile Hang keine andere Methode zulässt, und jedes Mal betört mich der aromatisch Geruch der Mahd, lässt diese in blauer Ferne liegende Vergangenheit wieder und wieder auferstehen in einer Lebendigkeit, die meine Tätigkeit nahezu vollständig überdeckt, so dass ich mit meinen Gedanken ganz wo anders weile und wie ein ferngesteuerter Roboter rein mechanisch meine Arbeit verrichte.

Damals – in Mürzzuschlag bei den Großeltern – war der Garten unser Reich. Aber auch das Haus hatte seine speziellen Plätze, die nur uns Kindern – meiner Schwester und mir – gehörten, selbst wenn sie von den Erwachsenen betreten oder sogar in der ihnen eigenen Weise benützt wurden.

Ähnliches galt für die Menschen, die damals dort lebten, bei uns aus und eingingen, unsere Mutter, die Großeltern, Arbeiter aus dem Hammerwerk, das Pflichtjahrmädchen und immer wieder Besucher, von denen es viele verschiedene gab, denn das Haus in der Waldgasse hatte einen guten Ruf und galt vor allem als gastlich. Man bekam dort eine Tasse Malzkaffee, vielleicht ein Stück Brot, etwas vom eigenen Obst, die Männer eine Zigarette, Dinge, die nach dem Kriegsende, dem Zusammenbruch, wie meine Großeltern diese Zeit nannten, rar oder schwer zu beschaffen waren.

Onkel Hans war einer der häufigen, regelmäßigen Besucher. Er war nicht mit uns verwandt, sondern ein Freund der Familie, aber wir nannten ihn Onkel. Ich könnte heute beim besten Willen nicht sagen wie alt er damals gewesen ist, schätzungsweise so um die Mitte sechzig, für uns jedenfalls ein Mann, den wir auf dieselbe Stufe wie unseren Großvater stellten, selbst wenn er noch eifrig auf die Jagd ging – einen Rüstigen konnte man ihn also getrost nennen. Als Inhaber der einzigen Apotheke der Stadt sowie deren Umkreis verfügte er trotz der schlechten Zeiten über ausreichende Mittel, um sich das Jagen leisten zu können. Mehrmals in der Woche machte er den Spaziergang von seinem Haus, in dem sich auch die Apotheke befand, zu uns in die Waldgasse Nummer sechs.

Ich habe Onkel Hans als großen, kräftig gebauten Mann in Erinnerung, was wohl trügen kann, denn ich war damals ja noch ein kleines Kind und jeder Erwachsene überragte mich nicht nur, sondern besaß auch weitaus mehr Körperkraft als ich, sein Haar war weiß, das Gesicht gut geschnitten mit einem Schalk im Blick der hinter hohen, von feinen Äderchen durchzogenen Wangen gelegenen Augen, mit denen er, in der dunklen Diele des Hauses auf einem gepolsterten Stuhl sitzend, auf uns Kinder wartend die Umgebung musterte. Zünftig gekleidet war er stets, der Herr Magister und Jäger, der gar nicht aus dem Mürztal stammte, sondern mit seiner Mutter, die wir Urgroßi nannten, und seiner Frau von Wien hierher über den wilden Semmering auf's steirische Land gesiedelt war. Den Steirerhut aus grünem Loden mit einem echten Gamsbart drauf, den Heide und ich auch streicheln durften, nahm er nur zum Gruß ab oder wenn er bei Tisch saß. Er trug einen lichtgrauen, grün gesprenkelten, maßgeschneiderten Lodenrock, Knickerbockerhosen aus festem Stoff und gestrickte Stutzen. Die Füße steckten in tadellosen handgemachten Halbschuhen – Vorkriegsware. Onkel Hans marschierte nie ohne seinen Spazierstock, mit dessen gekrümmtem Ende er uns einfing, sobald wir an ihm vorbeiliefen, indem er es um unsere Knie hakte. Dann kicherten wir und er sagte: „Ho ho! Wen haben wir denn da?"

Schließlich nahm er – so wie immer – meine Schwester Heide auf den Schoß, während ich mich zu seinen Füßen auf den Teppich hockte. Onkel Hans erzählte uns nämlich gern Geschichten, und wir freuten uns schon sehr darauf, diese aus seinem Mund zu hören. Er wusste viel zu erzählen, manches Wahre, manches – nun wie auch immer –, so erfuhren wir jedenfalls viel über die ferne Hauptstadt Österreichs, Wien, der ehemaligen Heimat des Onkels und dessen Frau, Tante Anni, deren Schwester Mary in Amerika (!) lebte und jeden Monat ein Life-Heft und Kinderzeitungen mit schönen Bilden herüberschickte über den großen Teich. Wir lernten über heilende Pflanzen und aus Blättern, Beeren oder Wurzeln wild wachsender Pflanzen gewonnene Gifte, die er in der Apotheke aufbewahrte. Er war es auch, der uns berichtete, man habe zur Zeit des dreißigjährigen Krieges Gefangene festgebunden, ihnen die Fußsohlen mit Salz eingerieben und ein Kalb so lange daran lecken lassen, bis die Bedauernswerten durch den extremen Kitzelreiz vor Lachen, Schreien und der daraus folgenden Erschöpfung mit einem Schaumpilz auf den Lippen das Leben ausgehaucht hätten. Mit diesem Schaum – so versicherte uns der Onkel – habe man Zuckerkranke zu behandeln versucht.

Von Geistern erzählte er und von Dämonen, die seine Großmutter, die Mutter der Urgroßi, hatte heraufbeschwören können, von Anni, seiner Frau, die keine Kinder kriegte, was uns sehr betrübte, denn so sahen wir in der alternden Dame immer nur eine Mutter ohne Kinder und das war wie ein halber Mensch. Viel berichtete er von Amerika, wo man Englisch spricht und wo seine Schwägerin lebte. Dort gebe es Häuser, die bis in die Wolken hineinragten.

All das und vieles mehr erzählte er uns bei seinen Besuchen in der Diele unseres Hauses – aber am liebsten hörten wir seine Jagdgeschichten. Die erzählte er so lebendig, dass wir förmlich mit ihm auf der Pirsch dabei waren, auf Fasanenjagd oder am Hochsitz, um auf eine Sau zu warten. Uns taten die Tiere leid, die er im Laufe seines Jägerdaseins erlegt hatte, und das war eine große Zahl, denn die Trophäen schmückten alle Wände seines weitläufigen Herrenhauses unten in der Stadt. Er machte uns das Röhren eines brunftigen Hirsches nach, das Husten des Rehbocks und das klickende Geräusch des balzenden Auerhahns, den er als das scheueste, am schwierigsten zu stellende, heimische Wild bezeichnete.

Natürlich hatte Onkel Hans einen Hund dabei, sobald er auf Jagd ging, einen Dachshund oder Dackel, wie man hierzulande sagt. Wie der hieß, habe ich vergessen, aber wie er eines Tages verloren ging, das hatte uns Onkel Hans sehr genau und oft genug berichtet, denn das war unsere Lieblingsgeschichte.

„Onkel Hans, erzähl die Geschichte von dem Dackel!“

„Aber geht's Kinder, die habt's ja schon so oft gehört.“

„Dackel, Dackel! Bitte, bitte, biiiiette!“

„Na, wenn's unbedingt wollt's, gut.“

Wir schwiegen in Erwartung. Heide machte es sich auf Onkel Hans' Schoß gemütlich und saß dort an seinen Lodenrock geschmiegt wie in einem Nest.

„Also gut“, wiederholte er und begann, „ihr wisst ja, ein Jäger braucht viele Dinge und vieles muss er wissen, sonst darf er nicht auf die Jagd gehen, aber die wichtigsten Dinge sind zwei: sein Gewehr und sein Hund. Ohne Hund ist ein Mann, der auf die Jagd geht, kein Jäger, kein echter zumindest. Mein Hund war ein Dackel, er war sehr schlau, treu und mutig und hat gegen den bissigen Dachs in seinem Erdbau gekämpft und jeden Fuchs gestellt. Das Knallen der Büchsen machte ihm nichts aus, er apportierte alles, auch aus den reißendsten Flüssen und Bächen holte er die Beute heraus, ohne zu zögern."

Das alles wussten wir ganz genau und hörten dennoch atemlos zu. Der Erzähler durfte keine Einzelheit auslassen, denn sofort hätten wir protestiert und gesagt: „Aber er hat auch angeschossene Krähen totgebissen und dir vor die Füße gelegt. Und Schnepfen hat er aus dem Moor gezogen, wo ein Mensch versinkt und nicht verfault und erst viele, viele Jahre später gefunden wird."

„Ja", so Onkel Hans, „das hat er alles gekonnt, der Dackel. Er war eben wirklich ein guter, braver Jagdgenosse."

„Und wie ist es weitergegangen? Einmal, da seid ihr doch hoch hinauf auf einen Berg, der Dackel und du…"

Onkel Hans nickte. „Richtig! Auf den Dachstein sind wir. Das ist der höchste Berg in der Steiermark und dort gibt es viele Gämsen. Wir sind auf Gamsjagd gegangen."

„Davon hast du den Gamsbart."

„Genau. Lang vor Tagesanbruch muss man da aus dem Bett und durch den finsteren Wald hinan, weiter und weiter, so hoch, dass bald nur mehr Latschen zu sehen sind, aber keine Bäume mehr, weil die dort oben nicht mehr wachsen. Dort hat man schon eine prachtvolle Fernsicht auf das Bergmassiv mit seinen Schutthalden und Felswänden, wo sich die Gams aufhält. Klettern können die! Ich sag's euch, Kinder, und springen! Und schön sind sie auch. Eine Gams muss man mit einem einzigen Schuss erlegen, wenn man sie nur verwundet, ist sie weg und verendet irgendwo in einer Felsspalte oder einem Bergschrund. Da braucht es eine ruhige Hand, jawohl! Sonst spürt sie nicht einmal der Dackel auf, obwohl der sonst alles findet – oder sagen wir besser – gefunden hat, was nicht gleich beim ersten Schuss gelegen ist. Jetzt müsst ihr aber wissen, dass auf dem Dachstein nicht nur Gämsen, Steinböcke und Murmeltiere leben, sondern auch…"

Hier legte er jedes Mal eine Pause ein, in die Heide und ich wie aus einem Mund riefen: „Steinadler!!!"

Gravitätisch bestätigte Onkel Hans dies mit einem Nicken. Und ernst fuhr er fort: „Genauso ist es. Der größte Vogel unserer Heimat. Heißt es nicht in der Steirischen Landeshymne: ‚Hoch vom Dachstein an, wo der Aar noch haust'?"

„Ja", sagte Heide, „und Aar heißt Adler, gelt?"

„Richtig. Die Dichter sagen zum Adler Aar, wenn sie dazu Lust haben und wenn es ihnen in den Reim passt. Der Steinadler ist der unumschränkte Herrscher der Lüfte. Seine Schwingen haben eine Spannweite, die ist sooo groß" – er reckte die Arme weit auseinander – „nein, viel größer, das kann ich euch gar nicht zeigen."

„Der holt sich ein Lamm wie nichts!", rief ich dazwischen.

„Jaja. Auch größere Tiere wie Ziegen, Rehe, vor allem wenn sie krank, alt oder verwundet sind. Jungtiere hat er am liebsten."

Mir lief ein Schauer über den Rücken. Wie gut, dass ich hier in der sicheren Diele auf dem Boden hockte und nicht dort oben in der windgepeitschten Wildnis zu sein brauchte, wo jederzeit das Unheil in Form eines riesigen, mordlüsternen, klauenbewehrten Greifvogels über einen hereinbrechen konnte.

„Weiter, Onkel Hans", drängte Heide, „was ist dann passiert?"

„Also, mein Dackel und ich sind aus dem Wald herausgetreten und über die Almwiesen dahingegangen. Ich habe mit dem Fernglas die Wände nach Gämsen abgesucht, deswegen habe ich wohl nicht so gut Acht gegeben."

„Sonst wäre das alles nicht passiert!“, warf Heide ein.

„Nein. Aber so wie es war, so war es eben.“

Wir spitzten die Ohren, denn jetzt wurde es richtig spannend. Immerhin wussten wir ja, was jetzt geschehen würde, aber wir waren süchtig danach, es wieder aus dem Mund von Onkel Hans zu vernehmen.

„Plötzlich“, fuhr dieser mit unheilverkündender Stimme fort, „plötzlich ein Rauschen in der Luft – zuerst habe ich es wohl für einen Windstoß gehalten, aber dann – ich fahre herum und sehe, wie ein mächtiger Steinadler niederstößt, meinen Dackel mit den Fängen greift und mit ihm himmelwärts steigt, höher und immer höher. Ich sag euch Kinder, auch jetzt noch höre ich ganz genau das Geräusch dieser kräftigen Schwingen.“

„Und – weiter!“

„Ich reiße die Büchse von der Schulter, lege an, entsichere und kriege ihn ins Visier – aber der Adler ist schon sehr hoch oben und sieht von hier unten nur mehr aus wie ein Punkt. Beinahe unmöglich zu treffen. Ich kneife ein Auge zu und ziele haargenau, denn diese Kugel muss unbedingt sitzen. Schließlich drücke ich ab. Piff! Paff – paff hallt das Echo von den Felswänden zurück. Dann sehe ich wie sich der Adler in immer enger werdenden Kreisen herabschraubt und die letzten hundert Meter wie ein Stein zur Erde fällt, wo er mit einem dumpfen Geräusch aufschlägt und regungslos liegenbleibt. Einen Sturz aus dieser Höhe kann niemand überleben.

Ich schultere die Büchse und lauf hin – tatsächlich ein Volltreffer! Das war wirklich ein Meisterschuss! Tot liegt er da, mit gebrochenem Hals, der mächtige König der Lüfte. Ich versuche ihn aufzuheben, aber der Vogel ist schwer, viel zu schwer für mich. Also – lasse ich ihn halt liegen und mache mich auf den Rückweg.“

Hier beendete Onkel Hans seine Geschichte und schaute uns an. Und wir ihn. Wir wussten ja, was noch fehlte, was aber unbedingt kommen musste! Wir schwiegen. Voll süßer Erwartung ließen wir es in der Luft hängen, das Unausweichliche, das Wichtigste! Schließlich hielt ich es nicht mehr aus, es musste einfach heraus – und so war ich es, der schließlich die Frage stellte, die einzige, die bedeutendste, nämlich: „Und was war mit dem Dackel?!!"

Jetzt war der Schalk wieder zurück in den Augen des alten Jägers und er sprach sie aus, die erlösenden Worte:

„Der Dackel?"

Es folgte eine lange, lange Pause – und dann:

„Der ist weitergeflogen."

4

Cerberus

Während eines Kreta-Aufenthaltes wollten wir in einem Mietauto ein bestimmtes Dorf besuchen, in dem vor Jahrzehnten Teile des berühmten Films Alexis Sorbas nach dem gleichnamigen Roman von Kazantzakis entstanden waren. Den Film mit Anthony Quinn und Irène Pappas als Witwe, die vor der Kirche von den Dorfbewohnern gesteinigt wurde, hatten mein Mann und ich mehrmals gesehen.

Es war mitten im Hochsommer und dementsprechend heiß, die Autobahnen überfüllt, der Asphalt schmolz wie Eis in der Sonne, die sich grell in den Fenstern der Häuser und Tankstellen spiegelte. In den Dörfern dösten Hunde und Katzen auf steinigen Gehsteigen im Schatten roter Dächer und vor den unzähligen Obst- und Gemüseständen warteten alte Frauen mit schwarzen Kopftüchern auf die Kundschaft, die nicht ausblieb. Es wimmelte von Touristen mit krebsroten Schultern und nackten Beinen.

Wir kreisten eine Weile in einem Dorf umher auf der Suche nach der ganz bestimmten, in den Westen führenden Abbiegung, die uns zu besagtem Dorf bringen sollte, aber je verbissener wir sie suchten, desto langsamer kamen wir von einem Dorf ins nächste und so immer weiter durch andere kleine Dörfer mit engen, gewundenen Wegen und unzähligen Souvenirläden auf den engen Trottoirs. Luftmatratzen aus grünem Plastik, bunte

Griechenschuhe, billige Handtaschen und bestickte Tischtücher pendelten dort im Wind. Es roch nach Souvlakis und Holzkohle. Aus einer Taverne am Straßenrand dröhnte ohrenbetäubend griechische Bouzouki-Musik. Ich drehte mich um und sah durch das geöffnete Autofenster den vielen jungen Leuten auf den harten, strohbespannten Stühlen vor den kleinen blauen Tischen nach, die Souvlakis aßen und Bier oder Retsína tranken. Überall herrschte Hochsaison und Ferienstimmung.

Endlich hatten wir die richtige Straße entdeckt, auf der wir bergan auf ein gelbes, steiniges Hochplateau fuhren, von wo wir hinabblickend das Meer suchten und es dann und wann auch wie eine Ebene aus glattgehämmertem Blei in der Ferne sehen konnten. Eine Kapelle, beschattet von einer Gruppe grauer Olivenbäume, ließen wir neben dem Rand der Straße zurück, durch das geöffnete Wagenfenster drang der allgegenwärtige Chor der Zikaden zugleich mit dem Duft von wildem Thymian und frischer Minze, während die Straße nun am Fuß mittlerer Erhebungen in steilen Kurven immer weiter nach oben verlief, wo Schafe und Ziegen unter Olivenbäumen weideten. Wir gelangten in mehrere baufällige Ansiedlungen, durch die sich eine schlecht gepflasterte Straße entlangzog, die sich zuletzt in drei Richtungen verzweigte. Wir wählten die mittlere, die von dem Dorf weg noch weiter zur Hochebene hinaufführte.

Langsam wurden wir von Stille und Einsamkeit eingehüllt, der Chor der Zikaden war irgendwann verstummt. Schweißverklebt fuhren wir über ausgetrocknete, staubige Holperwege immer tiefer in eine gottverlassene Gegend hinein, wo sich wahrscheinlich nicht einmal Fuchs und Hase gute Nacht sagten. Dort war nichts sonst außer sich kreuzenden Pfaden und Wegen ohne Anfang oder Ende, von denen dumpfes, feindliches Leuchten ausging und wo jeder Laut von lastender Stille und Traurigkeit gedämpft wurde. Diese Landstraßen bildeten ein unübersichtliches Netz aus schmelzendem Asphalt, roter Erde, von Regengüssen tief ausgewaschenen Rinnen, ein Labyrinth, dessen Wege ins Nichts gingen. Mit jedem zurückgelegten Kilometer wurde es noch heißer. Die Bäume, die weiter unten noch groß und ausladend gewachsen waren, wurden hier oben immer kleiner und bald durch dürres, gelbbraunes Buschwerk ersetzt, in dem Eidechsen und Schlangen raschelten. Kein Wegweiser in Sicht. Hatten wir uns verirrt? Ich schaute zum Himmel empor. Er hatte all seine Leuchtkraft verloren. Schweigend, bedrückt fuhren wir weiter in die Irre, stundenlang, einmal in die eine, bald wieder in die andere Richtung. „Dieses verdammte Dorf hat es in sich!", schimpfte ich, „wenn wir es nicht bald finden, sollten wir besser umkehren!"

Doch nun gerieten wir in ein Land ohne jeden Schatten, aus dem auch Dörfer und Häuser nach und nach ganz verschwanden, wo weder Zypressen, Pinien oder andere Bäume das Auge des Reisenden mit ihrem Grün erfreut hätten, ein von dorniger Macchia überwuchertes Gebiet, das sich dahinstreckte, soweit das Auge reichte. Auch von Flüssen oder Bächen keine Spur. Sogar die Zeit, so schien mir, verlangsamte sich auf merkwürdige Weise. War sie einfach stehen geblieben wie eine kaputte Uhr? Wie dem auch sei, falls die sonst dahingehende Zeit überhaupt stehen bleiben kann, so tat sie es dort in diesem leeren Labyrinth auf der Insel Kreta hoch über dem Meer, in dem wir beide seit unbestimmbaren Zeiten in einem Mietwagen umherirrten und daher fürchten mussten, diesen Irrwegen nie wieder zu entkommen. Einmal entschieden wir uns rechts abzubiegen und gelangten auf eine schnurgerade in den Himmel hineinlaufende Straße. Und dann sah ich sie:

„Hunde!", stellte mein Mann, der sie auch bemerkt hatte, erstaunt fest. „Sie sind angebunden und können nicht weg. Und das bei dieser Temperatur... Merkwürdig. Wollen wir aussteigen?"

Wir ließen den Wagen am Straßenrand stehen und gingen unter der kochenden Hitze ein paar Schritte, bis wir die Kreuzung erreichten. Eine gut asphaltierte Straße führte von hier weg, abgesperrt durch ein dickes Seil. Betreten verboten! Kein Haus in Sicht, nichts.

Es waren zwei. Zwei Hunde, einer schwarz, der andere gelb, die jemand als Wächter eingesetzt und angekettet hatte, um sie an diesem Ort festzuhalten. Angekettet an eisernen Halsbändern, so eng, dass sie den Tieren ins Fleisch schnitten. Blutige, teilweise vereiterte, von wuchernden Narbenwülsten begrenzte Gräben hatten die eisernen Ringe in die Hälse der gefangenen Straßenwächter gescheuert. Von den festgezurrten, geschmiedeten Eisenringen hingen klirrende eiserne Ketten, und zwar sehr kurze, höchstens einen Meter lange.

Der eine Hund, ein mittelgroßer, schwarzer Kerl unbestimmbarer Rasse, hauptsächlich aus Fell und Knochen bestehend, begann aufgeregt, ja in den höchsten und beklagenswertesten Tönen zu kläffen, als wir uns ihm vorsichtig näherten. Mit den Pfoten scharrend, ja verzweifelt an seiner entsetzlich kurzen Kette hin und her zerrend konnte er natürlich trotzdem nicht vom Fleck. Die dicke, eiserne Kette, an der er hing und die auf dem Asphalt schleifte – wenn er nicht daran zerrte –, verlief direkt in eine nach Teer stinkende, schmutzige Tonne, die dem Hund als Haus und Schutz vor der prallen Sonne dienen sollte, in der jedoch sicher Temperaturen wie im Hades herrschten. Vor dem Tier auf dem Asphalt lag mit dem Boden nach oben eine kleine Schüssel. Der Hund hatte sie umgeworfen und nichts mehr zu trinken.

Dem Schwarzen gegenüber auf der rechten Straßenseite befand sich der zweite, ein gelber mit räudigem Fell und trostlosen Augen, und auch er hing wie sein Kollege an einer Kette, die in eine viel zu niedrige, asphaltverklebte Tonne mündete, in die sich der Hund, sollte es ihm draußen nicht mehr gefallen, jederzeit zurückziehen konnte. Vor dem Gelben lag ein stinkender Rinderknochen, abgenagt, von schwarzen Fliegen und sich windenden Maden übersät. Beide Hunde regten sich mächtig über unser Erscheinen auf. Trotz der Schmerzen, die ihnen die Eisenringe in den entzündeten Wunden sicherlich zufügten, begannen sie hektisch zu zerren, was die Kette nur zuließ, wollten an uns emporspringen, sie kläfften, winselten, wedelten mit den verstümmelten Schwänzen. Doch sie konnten nicht vom Fleck.

Ich ging in die Knie. Spürte mein Herz wie wild hämmern, starrte die Hunde an und begann irgendetwas Unsinniges zu brüllen. Ich schlug mir mit der flachen Hand auf die Stirn und verfluchte laut den Menschen, der dies den Hunden angetan hatte. Ganz Kreta verfluchte ich mit all seinen herzlosen Hundequälern. Viel zu viele gab es von ihnen, wie ich wusste, denn ich hatte die Welt bereist und keiner konnte mir mehr etwas vormachen. Auch nicht die herzlosen Griechen. „Es ist klar, dass sie da eine Straße bewachen sollen", erklärte mein Mann, „da schau, es handelt sich um eine Privatstraße, die direkt in die Unterwelt führt. Wenn ich jetzt Herakles wäre..."

Aber Herakles war keiner mehr da und es schauderte uns. Was konnten wir unternehmen, um die beiden, den Eingang zu einer privaten Unterwelt hütenden Wächter zu befreien? Ob sie uns beißen würden oder nicht, konnten wir nicht ahnen. Die Hunde schauten uns so erwartungsvoll an. Feige blieben wir in sicherer Entfernung vor ihnen stehen, ließen sie bellen, kläffen und mit ihren verstümmelten Schwänzen wedeln. Wie, um des Himmels willen, würden wir die Halsbänder aufkriegen? Oder die Ketten lösen? Was würde mit den armen Kreaturen nach deren Befreiung überhaupt geschehen? Und da wir es nicht wussten und keine Lösung fanden, haben wir die elenden Tiere dort einfach unter der prallen Sonne stehen lassen, angekettet als Wächter vor den Toren zum Hades. Wir sind ins Auto gestiegen und schweigend weiter gefahren, bis wir dann doch jenes Dorf erreichten, in dem die Witwe im Film gesteinigt worden war.

Den Eingang zum Totenreich bildet eine Kluft, heißt es, die sich am Ende der Welt am Ufer des Okeanos befindet, im Lande der Kimmerier, im Hain Persephones aus Pappeln, Erlen und Weiden. Dort stürzen die schwarzen Fluten der beiden Flüsse Pyriphlegethon und Kokytos in die Tiefe. Den Eingang aber bewacht der dreiköpfige Höllenhund Kerberos und sorgt dafür, dass kein Lebender den Hades betritt und kein Toter ihn je verlässt.

5

Ermordung eines Zackenbarsches

Gangehi, auf den Malediven, 2. 2. 1978...
Wir faulenzten gehörig, aßen, schlürften Tee und machten uns erst am frühen Nachmittag mit Boje, zwei Harpunen und viel Leine auf zur Jagd nach einem großen Zackenbarsch. Einen wirklichen Killer zu erlegen war schon immer mein Wunsch gewesen. Trotz vieler bekehrender Erlebnisse – angefangen von Jagden in Griechenland vor vielen Jahren bis zu den heutigen Tagen – lebte in mir jener atavistische Killertrieb fort. Üblicherweise drängte es mich zwar nicht danach, meine Unterwasserkamera gegen eine Harpune auszutauschen, doch dann kamen wieder Stunden, wo ich ohne viel zu überlegen nach der Waffe griff und in heller Jagdgier zum Riff aufbrach. Später – sobald ich meinen Eifer befriedigt hatte – hasste ich mich richtig dafür, denn meist diente die Jagd nur der Stillung meiner Gelüste und nicht der Nahrungsbeschaffung für die fünfköpfige Gruppe.

Im Süden der winzigen Insel Gangehi überquerten mein Freund Pucky und ich das Riff, um in den Riffkanal zu gelangen, der bei Ebbe trübes Wasser aus dem Atoll ins offene Meer schwemmt, denn dort beabsichtigten wir eine uns von vorher bereits bekannte Höhle aufzusuchen, in der wir größere Fische vermuteten. Als wir so dahin schnorchelten, deutete Pucky plötzlich nach vorn: „Schau, schau!“ – mit breiten Flügelschlägen und fleischigen Mundlappen: *enmas madi*, das maledivische Wort für Manta. Er war nur undeutlich zu erkennen, nur kurz zu sehen, denn er kippte bald ab und verschwand in der violetten Tiefe.

Kurz darauf schwammen wir um eine Art Kap und fanden etwa zwölf Meter weit unten die zerfurchte, horizontal verlaufende Spalte wieder, den Eingang zu einer tief in den rissigen Rifffelsen reichenden Höhle, den ein dichter Bewuchs aus Alcyonarien, Schirmkorallen und Gorgonen überwucherte.

Ich ging wieder hoch, atmete mehrmals ordentlich durch und näherte mich neuerlich dem Höhleneingang, wobei ich die mittels eines Karabinerhakens an einer langen Schnur mit unserer Boje verbundene Harpune schussbereit in der Hand hielt.

Üblicherweise sieht man größere Barsche nur beim ersten Annäherungsversuch. Überrascht man sie, so fliehen sie in Panik in das tiefste Loch ihrer Burghöhle, mitunter den gepanzerten Schädel laut knallend gegen Felsen stoßend und mengenweise Sand aufwirbelnd, wonach sie sich lange Zeit nicht mehr hervorwagen. Barsche hingegen, die dräuend und mit den runden, weichen Flossen wedelnd im freien Wasser stehen bleiben und den herannahenden Jäger anglotzen, sind nach Ansicht mancher Ichthyologen in ihrem Fluchtverhalten verkümmert und gestört und werden leicht erbeutet. Man sollte aber nicht vergessen, wie sehr das Reaktionsvermögen eines Raubfisches dasjenige eines Menschen übertrifft, so dass man sich also eher die Frage stellen muss, ob das, was manche als gestörtes Fluchtverhalten interpretieren, nicht normal ist für einen Barsch, weil er eben blitzschnell reagieren kann und aus diesem Grund seinen potentiellen Feind erstaunlich nahe an sich heranlässt, vorausgesetzt diese Annäherung erfolgt langsam genug: Jaques-Yves Cousteau beschreibt diese phänomenale Reaktionsgeschwindigkeit bei einem zutraulichen Wrackbarsch (eine besonders große Zackenbarschart), den die Taucher Delmas und Dumas „Ulysses" getauft hatten, folgendermaßen: „Während eines Jagdausfluges war auch Ulysses mit von der Partie, der den Jägern wie ein Jagdhund auf der Pirsch folgte. Delmas wählte einen schwarzen Zackenbarsch aus und schoss seinen Harpunenspeer ab. Praktisch gleichzeitig mit dem Pfeil traf auch Ulysses diesen Fisch und gleich darauf ragten dessen Schwanz und der Harpunenspeer aus seinem Maul. Ulysses hatte beim ersten Mal, als ein anderes Tier längs des Riffes in Not geriet, gezeigt wie rasch und scharf er war."

Ich tauchte also ab und dachte nur an einen gewaltigen, gefleckten Fisch mit zackiger Rückenflosse, auf den ich schießen wollte. Ich erreichte einen Vorsprung über dem Höhleneingang, zog mich daran hinunter und suchte zuerst im rechten Teil der Höhle, soweit es die dort herrschenden Lichtverhältnisse zuließen. Rote Soldatenfische standen dort – sie sahen in dieser Tiefe schwarz aus, aber ich wusste, dass sie rot leuchten, wenn man sie anblitzt – große, offene Austern klebten an der Wand, eine weiße, feinfasrige Hydrozooenkolonie erinnerte mich an zartes Farnkraut.

Als mich zunehmende Atemnot zum Auftauchen zwang, warf ich noch einen kurzen Blick auf den Plafond der Grotte. Genau hinter einem stalaktitenartig herabhängenden Korallenzinken bleckte ein Strich – ein breites Maul, gekennzeichnet durch hervorstehende Fangzähne: Der Schädel des Barsches – groß wie mein eigener Kopf leuchtete er, von einigen Strahlen der Sonne gestreift, aus dem Dunkel der Spalte hervor – mehr vermochte ich von dem Tier nicht zu sehen, denn der Leib war von Korallen verdeckt und schwebte knapp unterhalb des Plafonds. Dies alles erfasste ich während des kurzen Augenblicks, der mir noch blieb. Ohne zu zögern sandte ich dem Barsch meinen Pfeil entgegen, der mit sattem Laut in den muskulösen Körper einfuhr. Ich spürte praktisch keinen Ruck, als die feste Harpunenschnur bei der Flucht des Fisches entzwei riss. Der Barsch donnerte gegen die Rückwand der Höhle, wobei er große Mengen von Staub aufwirbelte, die träge aus der Spalte ins freie Wasser quollen.

Mit brennenden Lungen, leerer Harpune und dem Bewusstsein, den Riesenfisch getroffen zu haben, schwamm ich hoch und rang keuchend nach Luft. Dann brüllte ich meinem Freund zu: „Ich habe ihn angeschossen, aber das Seil ist gerissen!“ – Pucky gurgelte etwas Unverständliches, tauchte nun seinerseits zur Höhle, aber dort hatten die Staubwolken jedwede Sicht genommen, so dass er den Fisch nicht erspähen konnte.

Am Riffrand hockend, von kleinen Wellen umplätschert warteten wir ab. Martin kam aus dem Lager. Ich rief ihm zu, er solle einen Speer und Puckys starke Unterwasserlampe herbringen. Inzwischen hatte sich der Aufruhr gelegt und wir tauchten nun mit der Leuchte ab, um im Dunkel der Spalte nach dem verwundeten Barsch zu fahnden, hatten jedoch kein Glück – ein schales Gefühl breitete sich in mir aus: Mit dem Harpunenpfeil im Leib würde hier kein Fisch überdauern.

Schließlich erfasste ihn der Lichtstrahl doch. Er lehnte weidwund am anderen Ende der Höhle, marode und schwer angeschlagen, der Pfeil ragte verbogen mitten aus seinem schönen Körper. Gut 110 Zentimeter lang und schätzungsweise zwanzig bis dreißig Kilo schwer mochte er sein.

Jetzt holte ich mir Puckys Pressluftharpune, hakte sie an die Bojenleine, tauchte ab und versetzte dem todgeweihten Tier einen zweiten Fangschuss seitlich durch den Kiemendeckel. Der Barsch verkroch sich mit schwächlichen Flossenschlägen weiter in den tiefen Hintergrund der Höhle, wo er seinen erblassenden Körper derart hinter einer senkrechten Steinplatte verbarg, dass nur mehr die etwa zwanzig Zentimeter hohe Schwanzflosse hervorragte. Puckys Harpune wurde mir dabei aus der Hand gerissen und bis zum Höhlenmund hingezogen, wo der mit dem Pfeil durch das

Kabel verbundene Schaft jetzt gleichsam als Markierung schwebte und von wo aus die lange Leine nach oben zur Boje führte.

Nun folgte ein längeres Ab- und Auftauchen, in die Spalte Spähen, Suchen, wieder hoch, Durchatmen, Luft holen – einmal Pucky, einmal ich. Immer weiter hinein in das Loch wagten wir uns. In dieser Spalte musste man Acht geben, nicht in einer der Schnüre, die dort wirr zwischen Felsvorsprüngen und Kanten umhertrieben, sich stellenweise daran auch verfangen hatten, hängen zu bleiben oder sich an den Felsvorsprüngen die Haut aufzuschlitzen. Mit Martins Speer ging ich schließlich nochmals hinab und jagte dem Barsch den letzten Schuss mitten in den Kopf. Nun schien er tatsächlich tot zu sein, denn er lag jetzt zur Seite gekippt, jedoch gute vier Meter weit vom Höhlenmund entfernt im Inneren der Spalte und von den drei Speeren derart verkeilt, dass man ihn nicht bergen konnte.

„Den Fisch könnt ihr vergessen", erklärte Pucky zu Martin gewandt, doch der hyperventilierte, pumpte seine Lungen voll mit Luft, tauchte, verschwand in der Höhle und verweilte dort eine beachtliche Zeit. Plötzlich erschien er samt Barsch am Eingang; der Fisch schlug wild um sich, drehte und verwand sich, und Martin musste ihn wieder loslassen, wonach er eilends in die Höhle zurückschwamm. Abermals quollen dichte Staubschwaden aus der Spalte. Martin brachte zwei leere Speere und seine Harpune hoch. Der erste Schaft war beinahe rechtwinklig geknickt. Er bestand immerhin aus Stahl und ließ sich von zwei kräftigen Armen nicht biegen.

Nun war der Barsch nur mehr durch einen einzigen Pfeil fixiert. Doch die daran befestigte Leine lief hinter der als Versteck dienenden Steinplatte vorbei, weswegen Martin den Fisch auch nicht hatte mit hinaufnehmen können, es sei denn, er hätte den ebenfalls mit der Leine verbundenen Harpunenschaft hinter dieser Platte durchgezogen, doch dazu hatte sein Luftvorrat nicht gereicht.

Also machte sich Pucky wieder ans Werk. In einem einzigen Atemzug gelang es ihm vor dem Höhlenschlund seine Harpune von der Bojenschnur abzuhaken, den Schaft hinter jener Steinplatte weit drinnen durchzuschieben und vor dem Auftauchen wieder an der Bojenschnur zu fixieren. Danach war es einfach, den nun leblosen Riesenkerl mit Daumen und Zeigefinger bei den Augenhöhlen zu packen und aus der Höhle zu zerren, was mir vorbehalten blieb.

Der Moment des Triumphes währte indes nicht lange. Ohne Zweifel: Dies war der größte Fisch, den wir je erlegt hatten. Mein Jagdeifer war jetzt jedenfalls nachhaltig gestillt. Nun tat es mir um dieses Tier leid. Ich schämte mich. Leblos am Bojenring hängend konnte man die Ausmaße des Tieres gut abschätzen: Länge hundertdreißig Zentimeter, Gewicht – durch Heben bestimmt – fünfundzwanzig Kilogramm. Mein Bein fand im Rachen spielend Platz – wie viele Fische mochte der Riese täglich verschlungen haben? Die Farbe seines Schuppenpanzers war von samtenem Rotbraun, der Bauch heller getönt, der Rücken dunkler. Darüber verstreut zeigten sich tiefbraune Tupfen.

Tot war er und nicht einmal für einen vernünftigen Verwendungszweck hingerichtet worden, der dieser Aktion als Vorwand hätte dienen können. Wir konnten ja bestenfalls einen Bruchteil der Beute verzehren und mussten den weitaus größten Teil den Krabben, Einsiedlerkrebsen und Krähen überlassen. Hätte es nicht genügt, dieses Prachtexemplar mit der Kamera zu beschleichen? Ein wirklich gutes Barschfoto ist nicht unbedingt leicht herzustellen; wäre es gerade deswegen nicht die größere Herausforderung gewesen? Hätten wir uns an einem gelungenen Bild nicht länger erfreut als an dem Kadaver? –

Doch geschehen ist geschehen. Das Leben vermochten wir dem Fisch nicht mehr zurückgeben, die Reue kam zu spät. So trennte ich also den wuchtigen Schädel vom Leib und hing ihn in die Sonne zum Trocknen. Als wir die Insel verließen, packte ich ihn in ein Nylonsackerl, denn er stank bereits bestialisch. Die Malediver fragten mich, was ich da bloß mit mir führte, und ich sagte einfach, es sei der *„mahuge boo"*, was auf Maledivisch „Fischkopf" bedeutet. Diesen Namen behielt das Erinnerungsstück vorerst, das ich trotz mancher Transportprobleme sogar bis nach Hause brachte. Dort stank es nun unsere Wohnung voll. Ich wusste nicht, wie ich das Ding präparieren sollte. Pucky hatte einen adriatischen Zackenbarschkopf auf einem Brett montiert an der Hauswand aufgehängt. Das konnte ich nicht machen, weil ich kein Haus besaß. Ein Jäger riet mir, den Fischkopf einfach zu kochen, dann würde das Fleisch herunterfallen, das Schädelskelett könnte ich dann bleichen und zur Schau stellen. Das schien mir vernünftig. Aber leider zerfiel der Schädel dabei in unzählige Einzelteile, denn sämtliche knorpeligen Verbindungen der zahlreichen Gelenke, die so ein Fischkopf aufweist, waren zerkocht, verschwunden, und ich hatte keine Ahnung, wie sich die Stücke korrekt zusammenfügen ließen. Ich besuchte das Biologische Institut, ja ich trieb mich sogar in der Universitätsbibliothek herum, kopierte anatomische Atlanten, in denen die Schädelskelette verschiedener Fische dargestellt waren, aber wenn ich dann versuchte, die Kiefer, Zwischenkiefer, Kiemendeckel, Nasenbeine und so weiter irgendwie zu einem Ganzen zu fügen, merkte ich, dass es mir nicht gelang. Also verschwanden die Knochen des *„mahuge boo"* abermals in einem Nylonsackerl. Nach meiner Pensionierung würde ich sie zusammenbauen, versprach ich, denn dann hätte ich genug Zeit dazu.

Nun bin ich schon sieben Jahre in Pension – aber der in seine einzelnen Knochen zerfallene Fischkopf wartet noch immer darauf, dass ihm diese letzte Ehre erwiesen wird.

6

Mit dem Wolf tanzen oder Lupus in Fabula

An einem dieser heißen, dunkelblauen Sommertage schickte die Großmutter ihre Enkelin Anna zur Nachbarin ins Nebenhaus. „Geh jetzt schnell zur Frau Beck“, so sprach die Großmutter, „und sag ihr, sie soll heute nach Mittag kommen ein Huhn schlachten. Ich möchte Paprikahuhn machen, vielleicht mit Sterz, wir kriegen heute Besuch aus Graz, und da, nimm den Korb mit, darin ist ein Glas mit Marillenmarmelade.“ Annas Großmutter drückte dem Mädchen einen Korb in die Hand und hob die Stimme: „Anna, tu mir noch einen kleinen Gefallen, bevor du gehst und pflück’ noch ein bisschen Flieder und Jasmin und sag ihr, der Frau Beck, dass es selbstgemachte Marmelade ist. Und Anna!“ – Die Großmutter stand, weil es vor Mittag war, wie jeden Tag vor dem Herd, wo sie unermüdlich trotz der Hitze kochte. „Anna“, sagte sie, „geh heute aber endlich einmal direkt zur Beck und komm’ gleich zurück, statt herumzustrawanzen, gib ihr den Korb mit der Marmelade und den Flieder aus dem Garten und tu einfach, was ich dir aufgetragen habe, wir essen pünktlich um halb eins, der Großvater kommt hungrig aus dem Werk und du und Peter, ihr sollt endlich einmal lernen, pünktlich bei Tisch zu sein. Versprich es!“

„Jaja“, antwortete Anna, dreizehn, trotzdem noch ein schüchternes Ding mit goldbraunen Zöpfen, dünnen Beinen und eckigen Knien, das in dem heißen, trockenen Sommer immer barfuß ging. Sie war so ein Kind, das bereits das Wichtigste gelernt hatte, erstens nicht zu stehlen, nicht zu lügen, immer gehorsam zu sein, den Erwachsenen zu gehorchen, sich niemals, unter gar keinen Umständen für Burschen zu interessieren, früh ins Bett zu gehen, die Nachbarn immer höflich zu grüßen und die Schule niemals zu schwänzen. Und niemals Tiere zu quälen. Ohne Zweifel aber hatte es Anna trotz vieler Ermahnungen oder Drohungen mit dem Gehorsam nicht immer so eilig, sie log, wenn es nicht anders ging, und was die Burschen betraf, so war das auch nicht so ganz klar. Aber ein besonderer Wunsch quälte sie ununterbrochen: Sie wollte einmal einer Kreatur beim Sterben zuschauen. Ja, so war das.

Bereitwillig machte sich Anna mit dem Korb und dem lila Flieder auf den Weg zum Nachbarhaus, weit entfernt war es ja nicht, eigentlich nur um die Ecke. Frau Beck stand vor dem Herd in der Wohnküche ihres schmalen Einfamilienhauses, ein spärlicher Quell gelblichen Lichts sickerte durch die kleinen Fenster in die Düsternis des Raumes, in dem es nach einer kräftigen Kohlsuppe roch. Frau Beck lächelte freundlich, als ihr das Mädchen den Korb und den Flieder überreichte, wobei sie hinter zwei dünnen Lippen ihre vom Alter gelb gefärbten Zähne zeigte. Gerne lächelte sie, obwohl es so wenig Grund dazu gab, jedoch sie war trotz der schlechten Zeiten, trotz aller widrigen Umstände eine freundliche, geduldige Frau geblieben, und geduldig erwartete sie das Unvermeidliche, was auch immer das sein sollte. „Grüß dich Gott, Anna, dich schickt wohl die Großmutter?“

„Ja, und die Marillenmarmelade hat sie selbst gekocht. Der Flieder ist aus dem Garten.“

„Danke, er riecht herrlich! Ich stell ihn gleich in die Vase.“ Frau Beck stand trotz ihres fortgeschrittenen Alters kerzengerade und wie festgenagelt vor ihrem Herd. In der Rechten hielt sie einen hölzernen Kochlöffel, den sie langsam, um nichts zu verschütten, zum Mund hob, um daran zu schnüffeln und zu kosten. Anna bemerkte im Nähertreten die unzähligen braunen Flecken auf Händen und Wangen der Frau, die das Alter wie dunkle Blumen über ihre Haut verstreut hatte. Anna mochte die alte Nachbarin der Großeltern, die immer in ihrem wadenlangen schwarzen Rock daherkam. Sie trug eine saubere schwarze Schürze mit graublauem Blümchenmuster, hinten am Hals zu einer Schleife gebunden, dort, wo ein paar grauschwarze Haarsträhnen aus ihrem fest zusammengedrehten Knoten gelockert herabhingen. Die Frau war groß und schmal und hatte ein schönes, exotisches Gesicht mit großen, dunklen Augen. Anna fragte: „Es riecht gut bei dir. Was kochst du denn da?" Auf dem alten Kohleherd stand ein rot emaillierter Topf, kein Deckel über dem wassersprudelnden Rund, und es dampfte und roch stark nach grünem Kohl. „Kohlsuppe mit Erdäpfeln, und ein bisserl Speck hab ich auch hineingetan, auch Petersilie und ein paar Karotten, hab ja alles im Garten, aber gut wird sie schon, die Suppe, und der Johann isst sie ja auch gern, obwohl ich wegen der Hitze vielleicht eher was anderes hätte zubereiten sollen. Einen Salat zum Beispiel...", sagte die Beck.

Ohne Herd wäre nichts gegangen, er war der eigentliche Mittelpunkt in allen Häusern. Auf ihnen kochten die Frauen herrliche Gerichte, deren Rezepte noch aus Kochbüchern der k. u. k. Zeit stammten, die sie aufbewahrten wie andere ihre Familienbibel. Frau Beck kochte auf einem Herd, den sie jeden Tag in der Frühe selbst anheizte, wärmte darin Wasser in einem fein polierten Schiff oder briet im Ofenrohr etwas Gutes. Wie eine Vestalin bewachte sie das heilige Feuer, indem sie es mit schwarzen, ölig schimmernden Kohlebrocken am Brennen hielt, oder auch mit Holz aus dem Garten oder dem Wald, es kam darauf an, was gerade vorhanden war. Schlecht waren die Zeiten nämlich, verdammt schlecht nach dem Adolf, der die Welt beinahe, unser Land aber vollkommen vernichtet hatte. Frau Beck griff abermals zum Kochlöffel, hob ihn zum Mund und kostete noch einmal sehr vorsichtig, um sich nicht zu verbrennen, mit der Spitze ihrer rosa Zunge: „Hmmm, fertig ist das Supperl noch nicht ganz." Und dann, nachdem sie den Kochlöffel über den Topf gelegt hatte, zeigte sie in die Tiefe des Zimmers zu dem durchsichtigen Mann im Rollstuhl hin, dem Uralten mit dem Schrumpfkopf, der an einem Fenster im Gegenlicht gottergeben, geduldig auf seinen Tod wartete. „Hast den Johann noch gar nicht begrüßt, Anna, geh doch hin zum Johann und sag ihm grüß Gott, der wird sich freuen."

Johann Beck starrte wie ein Toter vor sich hin. Er saß, verkrümmt wie eine wächserne Puppe aus einem Bauerntheater, bekleidet mit Jackett, blauem Hemd, brauner Hose und Pantoffeln aus ranzigem Filz, wie gewohnt im Rollstuhl, er konnte ja nimmer gehen und wenn er ins Bett wollte, musste ihn die Frau Beck selber heben und zwischen die Decken betten. Aufs Klo kam er auch nicht mehr ohne Hilfe. Reden konnte er auch nicht mehr, weil, so sagte seine Frau, die Frau Beck, „er halt ein Schlagerl g'habt hat und seither ist das so, zwar schwer ist es schon, aber weißt, er ist immer lieb und zufrieden. Dankbar vor allem, dass ich mich um ihn kümmer. Traurig is' es schon, aber was kannst schon machen." Das Mädchen setzte sich langsam in Bewegung. Herr Beck, der Gelähmte, starrte. Auf dem Kopf hing eine Kappe schief aufgesetzt. Der Oberlippenbart schimmerte weiß, stachlig wie Disteln, und sein Gebiss war ihm viel zu groß. Tagein tagaus saß er unbeweglich, statuenhaft, stumm, versuchte ein Lächeln, sein Kopf war abgemagert wie ein Totenschädel. Anna hielt ihm halb neugierig, halb ängstlich die Hand hin, sagte artig: „Grüß Gott, Herr Beck, wie geht's Ihnen heute?" Herr Beck blieb reliquienhaft stumm, während das Kind die kalte, gelbe Hand des vom Schlag

Getroffenen vorsichtig schüttelte. „Ob ich kommen soll ein Hendl abstechen?", fragte Frau Beck, und das Mädchen nickte. Die Alte räusperte sich und sagte nach einiger Zeit: „Gut, wenn es denn sein muss, so komm' ich halt gleich nach dem Mittagessen. Kriegt ihr vielleicht Besuch?"

„Ja, Tante Gudrun mit Waltraud und auch Onkel Hartmut kommen heute aus Graz und wollen einige Tage bleiben."

„Deine Mama", sagte Frau Beck, den Kochlöffel auf einen weißen, angesprungenen Suppenteller legend, „wird sich freuen, wenn sie ihre liebe Schwester wieder einmal sieht. Und du freust dich sicher auf deine Cousine. Sie hat ja so viel Talent. Und so fleißig!"

Anna nickte widerwillig, eigentlich zum Schein und schüttelte dabei den letzten Tropfen Sympathie für ihre so wunderbare Cousine Waltraud aus sich heraus. Sie war auf alles gefasst, musste es dem Schicksal überlassen, dass man dieses Musiktalent Waltraud, die noch dazu sexy aussah, über den grünen Klee loben würde und dass daher sie selbst, Anna, von ihrem eigenen Ruhm Abschied nehmen musste. Es wurde immer leerer in ihr, als Frau Beck die Waltraud, diese Streberin, so überschwänglich pries, wobei sie noch dazu seherisch darauf hinwies, dass dem hübschen Mädchen gewiss eine Karriere als Geigerin bevorstehe. Die musikalischen Leistungen Waltrauds wurden überall, sogar bei Frau Beck anerkannt. Keinen einzigen Menschen kannte Anna, weder zu Hause noch bei den Nachbarn, der über dieses Wunderkind auch nur das geringste, kritische Wort geäußert hätte, wiewohl sie es verdient hätte, denn wer hatte keinen Dreck am Stecken? Waltraud war zum Beispiel eine, die kein Geheimnis für sich behalten, der daher kein Mensch wirklich vertrauen konnte, nur wusste das außer Anna scheinbar niemand sonst. Diese Gedanken jagten wie ein Gewitter durch Anna hindurch, obwohl äußerlich nichts auf ihre Eifersucht hindeutete. Diese finstere

Leidenschaft wirkte in dem Mädchen wie ein noch nicht ausgebrochener Vulkan. Frau Beck griff nach einem rot-weiß karierten Geschirrtuch, in dem sie sich die Hände abwischte. „Also gut, sag der Großmutter, heute zwischen zwei und drei komm' ich zum Abstechen."

Anna, erleichtert, die gestellte Aufgabe gehorsam erfüllt zu haben, machte sich mit gelockerter Muskulatur, doch innerlich noch grollend auf den kurzen Nachhauseweg, die Sonne schien, die Blätter der Rosskastanien glänzten smaragdgrün, die Waldgasse lag staubig, sonndurchglüht vor dem Mädchen, das barfuß langsam nach Hause trabend noch das Bild ihrer Cousine im Kopf hatte. Wie eine frisch gebackene Semmel sah Waltraud aus, schlank und weich, und das bedeutete in der familiären Praxis, dass Anna ihrer Cousine Waltraud irgendwann eine entsetzliche Eifersuchtsszene machen würde, es sei denn, ihr fiele irgendetwas ein, mit dem sie, Anna, die andere dort treffen könnte, wo es sie sicher schmerzte. Die Frage lautete nämlich so: Würde sich Peter, ihr gut gewachsener, schöner Bruder, der nur ihr allein gehörte, in Waltrauds Anwesenheit auch korrekt verhalten? Er hatte stets ein heiteres Lächeln bereit, sein Charme funktionierte als seine beste Waffe, überall hatte er Freunde, Peter wurde angebetet, – und deshalb liebte er vor allem junge Mädchen dann, wenn sie ihn inspirierten, und von denen schien es eine ganze Menge zu geben. Manchmal schon hatte sie es erleben müssen, dass sich Peter Hals über Kopf in irgendeine dahergelaufene blondgelockte Zicke mit sprießendem Busen verliebte. Dies bedenkend schwand auch die Sicherheit, die sie vorhin noch gefühlt hatte, sodass Annas Kopf auf einmal ganz leer wurde. Im Haus gegenüber beugte sich eine Frau aus einem Fenster und rief nach ihrer Tochter Grete. Von der Kirche in der Stadtmitte schlug es zwölfmal zur Mittagszeit. Verschwommen musste sie an ihre Cousine denken, an die süße Waltraud und sofort auch an Peter, ihren Bruder, den sie liebte. Es war ein schöner, steirischer Sommertag.

„Zu essen haben wir auch vor dem Krieg nicht viel gehabt", sagte die Großmutter, die so wie Frau Beck am Herd stehend in einem Topf rührte, als Anna atemlos die Küche betrat. „Alles war rationiert, Inflation, Essen auf Marken, kein Zucker, kein Mehl. Und wenn wir den Garten nicht und die Obstbäume nicht und die Hühner nicht gehabt hätten, damals schon, und auch die Hasen, die Kaninchen, Gott sei Dank, dann weiß ich nicht, kann ich nicht sagen, wie es gegangen wäre mit uns allen, obwohl es sowieso schwer genug war. Also, da kommt die Beck nach dem Essen. Gut. Weil heute die Gudrun, der liebe Onkel Hartmut und die Waltraud um vier Uhr ankommen und ich etwas Feines auf den Tisch stellen möchte. Waltraud bringt ihre Geige mit. Tag und Nacht muss sie üben, habe ich gehört", sagte die Großmutter, „Waltraud, mein Gott, die hat Talent, und fleißig ist sie, meine Enkelin, an ihr könntet ihr euch beide, ich meine Peter und dich, ein Beispiel nehmen!" Ob die Großmutter ihre Worte denn wirklich ernst meinte…?

„Waltraud", fauchte Anna, „ist eine eingebildete Streberin! Eine echt blöde Gans. Eine zickige Ziege ist sie." Vor Zorn röteten sich Annas Wangen.

„Neid und Eifersucht, mein liebes Kind, sind ganz hässliche Eigenschaften!" Die Großmutter hatte tatsächlich ihren moralischen Tag. Sie wusste aber um die Konflikte in der Ehe ihrer Tochter Gudrun mit Hartmut, der sie, wie sie erfahren hatte, manchmal verprügelte. Einfach so, und die Großmutter war froh, dass sie diesen eitlen, größenwahnsinnigen, launischen Hartmut nicht allzu oft zu sehen brauchte, doch kam er dann und wann auf Besuch, so behandelte sie ihn mit ausgesuchter Höflichkeit.

„Warum muss Waltraud nie Geschirr abwaschen?", maulte jetzt Anna.

„Tante Gudrun lässt es nicht zu. Weil Waltraud so zarte Hände hat, sagt sie. Und ihre Hände darf sie sich nicht verderben, sie braucht sie zum Geigenspielen und zum Rosenpflücken, und Geschirrabwaschen soll sie deshalb nicht!“ Die Großmutter lächelte ein wenig, weil sie im Grunde genommen Annas Meinung teilte und zuckte nur mit den Achseln, als Anna sagte: „Zum Rosenpflücken! Haha. Die hält sich wohl für etwas Besseres.“

Der Großvater betrat nun die Küche, ein schlanker Mann mit Glatze und dunklem Haarkranz, blauen Augen, einem akkurat gestutzten Schnurrbart, im Steireranzug. Hinter ihm tauchte Peter auf, barfuß in einer kurzen Lederhose, mit nacktem Oberkörper, die Schultern tiefbraun gebeizt. Er stürzte zum Kochtopf, beugte sich darüber, schnupperte kurz, um sich danach zu erkundigen, was es denn zu essen gebe, er sterbe beinahe vor Hunger. „Am Abend Paprikahuhn und Sterz“, erklärte die Großmutter schon zum dritten Mal ein wenig ungeduldig, „die Frau Beck kommt zum Schlachten.“ Worauf der Großvater enttäuscht ausstieß: „Was, schon wieder den ewigen Sterz? Hätte man nicht ein paar Erdäpfel kochen können?“ Doch die Gesichtsmuskeln des alten Herrn lösten sich trotzdem zu einem freundlichen Lächeln.

Peter fragte vorsichtshalber mit der leisen Stimme eines braven Knaben, ob er und seine Schwester Anna ausnahmsweise beim Schlachten des Huhnes zuschauen dürften. Die Großeltern wussten aber sehr wohl, dass sie etwas so Schreckliches wie das Töten eines Tieres, selbst wenn es sich nur um einen Altsteirer handelte, dass sie es aus Gründen des Anstandes, der Erziehung und aus anderen Gründen, die sie eher fühlten denn zu benennen wussten, keinesfalls erlauben durften, nein, beim Tiereschlachten hatten Kinder nichts zu suchen, schön war es nicht, ein Tier beim Sterben zu beobachten, vor allem dabei innerlich unbeteiligt zu bleiben erforderte große Anstrengung, ja beinahe etwas wie Kälte oder Gleichgültigkeit. Und das wurde auch laut und deutlich vorgebracht.

Peter und Anna schwiegen zwar, warfen einander aber heimliche Blicke zu, denn das, was man nicht durfte, weil es verboten war, gab auch ihrem Leben Struktur. Sie mochte das Verbotene ebenso wie er, ihr Bruder Peter, der auf seinen sehnigen Beinen stand, fest, sicher, selbstbewusst wie ein Held. Er hatte für seine Schwester da zu sein, sie wurde kreidebleich sobald er sie verriet, an seine Freunde, die wilden Buben, mit denen er draußen auf der bestaubten Waldgasse vor dem Haus Fußball spielte, wenn er mit ihnen auf Suche nach alten Handgranaten, Patronen oder zum Fröschefang ging, am Schlimmsten aber traf es sie, wenn es andere Mädchen waren, hinter denen er her war. Die Sonne schien dann nur mehr matt, und Anna wurde es schlecht, wenn sie von ihrem Bruder verlassen und verraten wurde, und dachte dabei sofort daran zu sterben. Und was, wenn er Waltraud wirklich lieben sollte?

„Erinnerst du dich noch, Jakob", sagte eben die Großmutter zu ihrem Mann, „dass es vor Jahren noch weißes Mehl gegeben hat und sogar Schokolade?"

Er nickte und fügte hinzu: „Und Wurst! Salami aus Italien oder Ungarn und Schinken. Bohnenkaffee hat es damals gegeben, aber das ist verdammt lange her. Und überhaupt war die Welt damals besser. Viel besser. Zwar, abgehärtet waren wir schon, die Zeiten waren nie sehr gut, aber doch nicht so wie heute. Kein Mensch kann voraussagen, wie lang das noch so gehen wird."

„Ja ja", sagte die Großmutter beim Rühren und zu Anna gewandt: „du bist heute zum Geschirrwaschen dran, vergiss es nicht!"

Anna sah wortlos, aber doch störrisch zum Küchenfenster hinaus in den goldgrünen Garten, betrachtete die uralte Linde, die üppig blühenden Holunderbüsche, den Marillenbaum, ließ die Blicke zum Hühnerstall schweifen, von dort zu den bewaldeten Hängen des Bärenkogels und weiter den felsigen Rücken der

Schneealm hinan, bis sie ihre Blicke zurückkehren ließ über die schwarzen Zwiebeltürme der katholischen Kirche, die Dachlandschaft der steirischen Kleinstadt, um endlich wieder die am Herd stehende Großmutter anzusehen. „Großmutter... können wir nicht doch zuschauen? Peter und ich wollen der Frau Beck beim Schlachten zuschauen! Was ist denn schon dabei?"

„Ja warum denn?"

„Weil..."

„Kein weil! Nein heißt nein und abermals nein und daran habt ihr beide euch zu halten, damit das nur klar ist! Zuschauen beim Schlachten? Wieso überhaupt? Das ist gar nicht angenehm anzuschauen und es kommt nicht in Frage, ich verbiete es und wehe euch, wenn ich euch erwischen sollte, dann werdet ihr etwas erleben, das verspreche ich euch! Hinaus jetzt, wir essen in zehn Minuten."

Hühnerschlachten! Gab es überhaupt etwas Spannenderes? Nachmittag war es endlich soweit! Von jedem Verbot hatten sich Peter und Anna abgenabelt. Die Erfahrung sollte sie lehren. Aufregend die Jagd im Hühnerstall, das Geschrei des wild auseinander flatternden Geflügels sobald sich die schwarzen Haferlschuhe der Schlächterin näherten. Sobald die Hühner diese flachen, aus grobem Leder verfertigten Schuhe bemerkten, über denen der graue Rock sich wölbte wie eine Glocke, fuhren sie gackernd auseinander wie sonst nur die sprichwörtlichen Blätter im Wind. Die Altsteirer: stolze Vögel mit gelben Reptilienfüßen, gelbbraunen Flügeln, rot schwellenden Kämmen, mit schwarzbläulich schillernden Schwanzfedern, sollte es sich um einen Hahn handeln – irgendeins von diesen prächtigen, gut genährten Tieren würde Frau Beck heute fangen, um es trotz seiner verzweifelten Gegenwehr auf dem blutbespritzten Holzblock hinzurichten. Sie alle, die Hennen und ihr Chef, der Hahn, es mochten um die zwanzig Tiere sein, flohen gackernd in alle Ecken und Winkel des großzügig bemessenen Freilandhühnerhofes im unteren Ende des Gartens, sobald die Schlächterin daherkam.

Die Hühner durchlebten eine glückliche Existenz. Im Hühnerhof konnten sie unermüdlich in der Erde picken, scharren, braune Eier legen, einander dann und wann bespringen oder bespringen lassen, um für den nötigen Nachwuchs zu sorgen, und nichts gab es, das ihre zufriedene Existenz gestört hätte. Sie konnten ja nicht ahnen, dass sie dazu bestimmt waren, eines Tages doch geschlachtet zu werden. Doch sollte jemand ohne den alten, ausgeschlagenen Futtertopf in ihr Gehege eindringen, dann war Feuer am Dach! Nur die alte Frau kannten sie, sie wussten, dass sie immer mit Futter auftrat, dass sie die Hühner rief, ja sie sogar beim Namen kannte und nannte, sie mit ihrer hellen Stimme lockte, um ihnen in mehrere Blechnäpfe das noch warme Futter zu streuen: Erdäpfelschalen, Polenta, feingehackte Brennnessel, zermahlene Eierschalen, irgendwelche Speisereste, frisches Wasser. Näherte sich aber Peter dem Maschendraht, behutsam wie ein Fuchs das Tor öffnend, durch das er schlüpfte, wobei er hoffte, dass man ihn nicht sah, gerieten die Hühner in den tollsten Aufruhr, flatterten lärmend auseinander, retteten sich in den Schatten eines Holunderstrauches, versteckten sich unter den fleischigen Blättern von Krenwurzen, einige flatterten sogar auf die tiefer gelegenen Äste eines Apfelbaumes, der im unteren Ende des Hühnerstalles dahinkümmerte.

Wussten sie denn nicht, dass ihnen, den wohlgelittenen Fleisch- und Eierlieferanten kein Schlupfloch blieb, damit sie ihrer Vorherbestimmung entkommen könnten? Besaßen sie so viel Erinnerung, um in Peter ihren Feind zu erkennen, weil der sie manchmal jagte? Wie dem auch sei, es war dafür gesorgt worden, dass keines der Hühner entkommen konnte, das Maschendrahtgitter wurde sorgfältig in Ordnung gehalten, kein Loch, keine offene Stelle mit Ausgang ins Freie gab es zu entdecken. Blieb höchstens die Tür in den Hühnerhof, durch die ein kluges Huhn hätte fliehen können, nur ist das nie vorgekommen.

Ein bunt gefiederter, prächtiger Hahn mit blaugrün schillernden Schwanzfedern stand da, warnend krähend, er plusterte sich auf, machte sich zu einem doppelt so großen Vogel, der gewaltigen Respekt einflößte und von dem man sich besser fern hielt. Dieser kämpferische Hahn mit den roten Lappen unter seinem Schnabel war der Stolz der Großmutter wie auch der Liebling aller Hennen, die er täglich mehrmals kurz beehrte. Dieser Hahn, gewitzt, mied immer die Nähe des Holzblocks, wo auch die Hacke lag, die die zum Schlachten erschienene Frau Beck bald benützen würde.

Anna und Peter schlichen gegen drei Uhr nachmittags also hinter der Beck einher, einträchtig, leise wie Mitglieder einer verbotenen, terroristischen Gruppierung, denn sie wussten nur zu genau, dass ihre Plätze hier nicht waren, obwohl sie des nachts keinen Schlaf finden würden, sollten sie diesmal der Exekution als Zeugen fernbleiben. Sehnsüchtig warteten sie darauf, warum, das wussten sie selber nicht. Der ganze Aufwand war anstrengend, vor allem durfte man nicht erwischt werden, eine Strafe würde nicht ausbleiben. Wenn nur die alte Beck den Mund hielte. „Frau Beck!“, sagte Peter mit einer Stimme, die eine Menge verriet über seine Einstellung zur Gegenwart und den Menschen, „Frau Beck!“

„Ja, was ist?“

„Du wirst der Großmutter aber nichts erzählen!“

Die Beck lächelte mit ihren gelben Zähnen: „ich sag schon nix“, versprach sie, denn ihre Freunde, die Kinder, würde sie nie verraten, „nein, ich sag sicher nix!“ Auch sie wusste, dass sowohl die Kritik der Mutter ätzend ausfallen würde, als sie auch ahnte, dass der Wunsch, dabei zuzusehen, unter der Haut der beiden Kinder, die einmal dem Tod ins Auge blicken wollten, ungehindert wucherte. Lächerlich, dieses Verbot, das dachten wahrscheinlich alle drei, leben und sterben, fressen und gefressen werden, so ist das nun einmal, und warum sollten zwei neugierige Kinder auf diese Erfahrung eigentlich verzichten? Sicher vibrierten ihre Nerven, als sie sich hinter dem gebeugten Rücken der Beck zum Hühnerstall bewegten, leise, auf nackten Sohlen. Man ging jetzt zum Töten hin. Es war seltsam. Frau Beck betrat den Hühnerhof. Sofort ging sie in die Knie, um aus dieser Position die Hühner zu begutachten, denn ein dickes, fettes Exemplar sollte es sein, eines von denen, die aufgeregt gackernd und so, als ob sie schon kopflos wären, in alle Richtungen hin und her rannten, obwohl zu dieser Zeit noch alle über ihre kleinen Köpfe verfügten und es nur mehr auf ihre Geschicklichkeit ankam, der Alten mit der Hacke zu entkommen.

Der Hahn spreizte sein buntes Gefieder, machte sich furchtbar wichtig, hörte nicht auf warnend zu krähen, totaler Aufruhr herrschte, Peter und Anna drückten sich an den Maschendraht, wartend, wollten beim Schauen am liebsten in diesem obskuren Terrain unsichtbar werden. Der Hahn gab weiterhin schrill den Ton an, die Hennen mochten die Frau Beck auch nicht leiden. Eine farbenprächtige Palette von bunten Vögeln wuselte durcheinander. Annas Zunge klebte am Gaumen, Peter krampfte die nackten Zehen in die Erde, die Jagd war toll, ihre Herzen machten rhythmisch mit, einer Henne stand die Bratpfanne bevor.

„Verfluchte Viecher! Da gehst her, du…“ Frau Beck schwebte wie ein Geist über der Erde, lockte die Tiere in den höchsten Tönen, die Arme ausgestreckt, doch keines hatte die Absicht, sich fangen zu lassen. „Die sind gar net so blöd wie sie ausschauen“, schimpfte die Beck, obwohl sie dabei auch lachte, „woll'n sich heut net erwischen lass'n. Fix noch einmal, die halten eine Alte wie mich ganz schön in Trab! Habt's gesehen, Kinder? So einfach ist das net!“

Peter stieß seine Schwester zur Seite. Aber er sagte nichts, gar nichts sagte er. Anna konnte ihn schnaufen hören. Er stellte sich gerade hin, mit den Fersen fest im Boden und folgte den Bewegungen der Frau Beck neugierig mit seinen Blicken. „Da! Da schau her. Schlimm, sehr schlimm!“ Jetzt hatte die Beck mit beiden Händen endlich ein Huhn gefangen, das sich verzweifelt wehrte, sie hatte es entschlossen an den Füßen gepackt, ja das konnte sie, stand sie doch unter Erfolgsdruck, und das Huhn schlug wie verrückt mit den Flügeln, zog eine wilde Show ab, wartete angesichts des drohenden Todes auf ein Wunder, das nicht eintrat. Alles umsonst, das Schicksal hatte es anderes bestimmt. Schon lag es auf dem Holzblock, und während die Schlächterin es mit der Linken festhielt, griff sie geschickt mit der Rechten nach der bereit liegenden Hacke, holte aus und trennte der Henne mit einem perfekt gezielten Hieb den Kopf ab. „Na endlich! Das Viech hat einen ordentlichen Schmäh abgezogen!“

Peter und Anna sahen das Zucken des kopflosen Tierkörpers, sahen Blut spritzen, echt dramatisch, schon vorbei, doch das weitere Vorgehen, zum Beispiel das Rupfen, das, wie Frau Beck nun erklärte, am leichtesten gehe, solange der Körper noch warm sei, interessierte die Zeugen der Exekution nicht mehr. „Gehen wir?“, schlug Peter vor. Und sie gingen. Sie hatten es gesehen, es miterlebt… Sie schlossen das Tor des Hühnerstalles hinter sich und setzten sich auf ihren nackten, schwarzen Sohlen unauffällig ab, zweistimmig kichernd.

Am Nachmittag begleiteten sie die Mutter zum Bahnhof. Die Mutter in einem rosa Sommerkleid, Peter und Anna frisch gewaschen, gekämmt, diesmal mit Schuhen. Die Mutter mahnte unentwegt. Dass ihre beiden Kinder sich unbedingt gut zu benehmen hätten. Immer grüßen, die Erwachsenen schön ausreden lassen, kein dummes Zeug plappern. Onkel Hartmut nämlich, der heute ja auch auf Besuch komme, sei ein gestrenger Herr, immerhin Musik unterrichte er, auch singen könne er, vor ihm müsse man sich in Acht nehmen, – und Tante Gudrun, die sei auch nicht gerade unmusikalisch, sagte die Mutter, die zwar kein Instrument spielte, dafür aber viel hübscher als ihre Schwester war und die Blicke der Männer auf sich zog wie die Früchte des Paradieses. „Ihr werdet mir also keine Schande machen?" Sie stellte die in solchen Fällen übliche Frage, die, wie alle wussten, rein rhetorischer Natur war, denn irgendetwas wie Schimpf und Schande würde nicht ausbleiben. Da, der Schnellzug aus Graz! „Sie kommen!", stimmte die Mutter freudig an.

Der Zug dampfte aus der besonnten Perspektive der Landschaft, welche die Gleise säumte, heran wie ein schwarzer Dämon. Dann hielt er, spuckte Rauch, die Türen wurden aufgestoßen und einem der Waggons entstieg die erwartete Verwandtschaft. Die Ernüchterung traf nicht ein, denn Waltraud, die Süße, war es tatsächlich, man sah es sofort, ob man wollte oder nicht. Sie kletterte als Erste die steilen Treppen auf den Bahnsteig herab, freudig winkend und einfach wunderbar schön. In Liebessachen war Peter schon als Bub ein Genießer. Seine Augen, verhext, gingen auf und blieben auf den sprießenden Brüstchen seiner vierzehnjährigen Cousine haften. Die Cousine mit dem Gesicht einer Madonna von Botticelli, mit schimmerndem Haar, verfügte über ein Optimum an Qualitäten und dazu noch an Talent, und Anna empfand dies als echte Sauerei.

„Servus Peter! Servus Anna", flötete Waltraud, wobei sie lächelte, tatsächlich so, als sei sie nun überglücklich, und Anna ätzte mit bitterer Stimme: „Grüß dich, Waltraud! Hast du wohl dein Geiglein mit?" Ja, hatte sie. Und viel üben werde sie. Und Tante Gudrun, schlank und blass, die heute verhalten oder gar traurig wirkte, erwiderte zerstreut die Küsse und Umarmungen ihrer Schwester. Hatte sicher wieder Zoff mit Hartmut, ihrem Schatz!

Nur Onkel Hartmut mit seiner runden Hornbrille und dem Gesicht eines bösen Wolfes, der nahm den ganzen Trubel noch gelassen zur Kenntnis. „Gut schaust du aus, Anna“, sagte er sogar, die Arme breitend, „komm her, gib deinem alten Onkel einen Kuss!“ Und dabei beobachtete er Anna mit einem Lächeln. Da er aber keinen Kuss bekam, setzte er sich wortlos in Gang, wobei sich sein Gesicht verfinsterte. Peter schien die Gegenwart seiner Schwester vergessen zu haben: Seine Hand in der von Waltraud, gelegentliche Blicke, die beiden gingen auf Wolken dahin, lachend, redend, fröhlich, vielleicht glücklich. Anna bemerkte einen violetten Fleck auf Waltrauds Hals. Die Gruppe machte sich auf den Nachhauseweg.

„Heut Abend gibt es Paprikahuhn“, sagte Anna neben Waltraud tretend angespannt zu ihrer Cousine, die sie, koste es, was es wolle, aus dem Geturtel mit Peter zu lösen hatte. Etwas Besseres als das Paprikahuhn, dem sie beim Sterben zugeschaut hatte, fiel ihr gerade nicht ein. Sie heftete ihren Blick auf Waltrauds Gesicht. „Fein“, antwortete die süße Cousine höflich, die an Peters Seite einherschritt, „bei uns gibt es das viel zu selten.“

„Waltraud“, murmelte Anna, „komm her, ich muss dir was ins Ohr sagen.“

„Was?“ Sofort ließ Waltraud Peters Hand los.

„Es ist ein Geheimnis. Du darfst es auf keinen Fall… niemand darf es wissen!“

Peter marschierte nun allein bergauf im Windschatten der Mutter, ihrer Schwester Gudrun und Onkel Hartmuts, der eine speckige, kurze Lederhose trug und dunkel behaarte Beine zur Schau stellte. Er war trotz seiner Gedrungenheit schlank und muskulös wie ein Raubtier, sein Haar glänzte nachtschwarz über dem runden Gesicht mit den hohen Backenknochen und dem breiten Mund. Manchmal schien es, als beobachte er Anna und sah dabei so aus, als wolle er ihr etwas sagen, zum Beispiel, ihr macht mich alle kotzen, ihr seid mir widerlich. Nun streckte er sich und sagte stattdessen leise etwas zu seiner Frau, sicher etwas Verwegenes oder Gemeines. Er langweilte sich offensichtlich, definierte sich als einen Außergewöhnlichen. Nein, einfach war es tatsächlich nicht, mit ihm angenehmen Umgang zu pflegen, der Onkel hatte nämlich Launen wie eine Diva. Er strahlte jene finstere Aura eines schlecht gelaunten Fünfunddreißigjährigen aus, den die widrigen Umstände dazu zwangen, ein Wochenende mit der Familie zu verbringen.

Anna hatte plötzlich die Cousine an der Schulter gepackt, zog sie zu sich heran und flüsterte ihr ins Ohr: „Peter hat heute beim Hühnerschlachten zugeschaut, obwohl man es ihm streng verboten hat. Er hat mir erzählt, dass es ganz furchtbar war. Dieses Huhn werden wir heute essen, stell dir vor. Möchtest du vielleicht auch einmal zuschauen, wie die Frau Beck schlachtet? Und wie sie dem Huhn den Kopf abhackt? Und wie das Blut spritzt?"

Waltraud schauderte es, sie sagte scheinheilig: „Wirklich? Zuschauen? Ich? Wie Peter? Du spinnst wohl, Anna. Niemals! Das hättest du mir aber nicht erzählen sollen. Wie schrecklich!" Aus ihrem ovalen Gesicht über dem schlanken, langen Hals mit dem violetten Fleck kam auch schon ein so schmerzlicher Kunstseufzer, dass er dem besten Komödianten zur Ehre gereicht hätte. Anna spürte, dass die Saat gewiss aufgehen würde, weil sie wusste, dass Waltraud den Mund nicht halten konnte und dass die süße Waltraud daher bei der ersten sich bietenden Gelegenheit Peter genüsslich verraten würde und ihm, dem Peter, geschah es nur Recht, wenn er dafür bestraft würd; das Risiko hätte er eben nicht eingehen dürfen.

Zum Abendessen begab man sich in das Speisezimmer, der Großvater in seiner grauen Jacke, die Damen in dunklen Kleidern, Onkel Hartmut in einem abgeschabten Anzug, der aus besseren Vorkriegszeiten stammen mochte. Er setzte sich, lehnte sich zurück, griff nach der Leinenserviette. „Es riecht geradezu himmlisch!", stellte er schnüffelnd fest, als die Großmutter die Schüssel auftrug. Plötzlich merkten alle ihren Hunger, sie merkten, dass sie in einem warmen Speisezimmer mit dunklen Möbeln an einem schön gedeckten Tisch bei Kerzenlicht saßen und dass sie diesen Abend genießen würden. Das Besteck aus schwerem Silber glänzte matt, und der Großvater schenkte Rotwein in alte Gläser mit zartem Goldrand. Die Mutter, ganz in Schwarz, unterhielt sich mit ihrer Schwester über die hohen Lebensmittelpreise, während Anna die Beine ganz eng an sich heran zog, denn eben hatte ein Knie ihres Onkels sie unter dem Tisch gestreift. Peter saß neben Waltraud, die sich die Serviette um den Hals wickelte. Die Großmutter teilte nun aus, sie hatte auch Kartoffeln gekocht, sodass der Großvater zufrieden war.

„Mein Gott, es schmeckt einfach fantastisch", stellte Tante Gudrun fest, „Mutter, du bist eine begnadete Köchin, wirklich!"

Onkel Hartmut seufzte, griff zum Glas, goss sich Wein in den Schlund. Sein Gesicht zeigte noch immer die zu einem Lächeln erstarrte, furchterregende Grimasse. „Gudrun kann nicht kochen!", stellte er, von einem zum anderen blickend, gnadenlos fest. Zufällig breitete er bei diesen Worten die Innenfläche seiner Rechten über Annas Linke, aber Anna zog ihre Hand unter seiner schnell hervor. „Und das mir", stieß Onkel Hartmut nun aus, „ja, und das mir! Alles was mit Lebensfreude zu tun hat, lehnt sie ab, die Gudrun. Ich sitze da – und warte. Nichts." Er lehnte sich zurück, die Arme nun vor der Brust verschränkt. Die Großmutter begann zu hüsteln, Anna grinste, biss in ein Stück Fleisch.

„Du hältst dich ja sowieso schadlos", konterte Gudrun höhnisch, wobei sich ihre dichten Brauen wie ein Strich senkten, als sie die Gabel in ein Stück Hühnerbrust hineinstieß, um es dann schnell zum Mund zu führen, „außerdem holst du dir ohnehin immer alles, du bist der größte Egoist, der..."

„Ach, so hört doch auf zu streiten!“, stieß die Mutter aus, und dann tranken alle.

„Was für eine Sorte habt ihr da eigentlich im Hühnerstall“, erkundigte sich Onkel Hartmut, „wie heißen eigentlich diese Hühner?“

„Altsteirer“, erklärte der Großvater. „Freilaufende Hühner. Hühner hat es schon bei den alten Ägyptern gegeben, der Hahn hat einen Sporn am Lauf, sichelförmige Schwanzfedern, einen roten Kamm, der ihm schwillt, wenn er sich ärgert, und Kehllappen. Brüten und Führen der Jungen übernehmen die Hennen. Ferner gibt es bei den Hühnern eine genau festgelegte Hack- und Rangordnung. Die unseren, die Altsteirer, sind eine besondere Züchtung und sehr schöne Tiere, die bis zu sechs Kilo schwer werden können, vorausgesetzt sie kriegen genug Futter, wie bei uns.“

„Stimmt!“, antwortete die Großmutter, „meinen Hühnern geht nichts ab. Zum Glück haben wir einen Garten und der ist groß genug. Wir können Erdäpfel anbauen und Äpfel ernten und ein paar Hühner schlachten, auch Hasen. Wir haben Eier, obwohl wir auch an denen sparen müssen. Wir haben nach dem Krieg Zuckerrüben angebaut, aus denen wir Sirup gekocht haben, braune Melasse, das ganze Haus hat danach gerochen. Und sonst, weil es kaum mehr Brot gibt, essen wir halt Sterz, Sterz Tag und Nacht, manchmal schon in der Früh. Schön waren die Zeiten, als es noch Brotzeiten gegeben hat. Heute gibt es keine Brotzeiten mehr. Teppiche und das meiste Silber haben sie uns gestohlen, weil wir im Fünfundvierzigerjahr nicht im Haus geblieben sind, sondern wie so viele auf der Flucht waren vor den Russen. Uns hat man ja alles stehlen dürfen. Siegerjustiz.“

„O ja!“ knurrte Onkel Hartmut, der nun Waltraud, seiner Tochter zulächelte. „Und dir schmeckt es wohl, wie man sieht?“ Denn die süße Waltraud stocherte in der roten Sauce, dann schob sie ein Stück Fleisch, ein winziges, an den Tellerrand.

„Nein, ich mag es nicht", stellte sie wehleidig fest, „es war doch noch heute ein lebendiges Tier. Nein, ich kann das nicht essen!" Sie sah zu Anna hin, dann zu Peter und zog eine Grimasse. Eine goldbraune Strähne fiel ihr über die Wange beinahe bis zu dem lila Fleck auf ihrem Hals.

Onkel Hartmut starrte seine Tochter an: „Du isst!", befahl er mit Schärfe in der Stimme, „du putzt deinen Teller so leer, als wäre er nie mit einer Mahlzeit in Berührung gekommen."

Stille entstand. Sie lastete über der Familie, dem gemeinsamen Mahl. Waltraud zeigte Ungehorsam, Widerstand, ihre Augen sprühten wie Flammenwerfer.

„Nein, ich esse das nicht! Ich tu nicht immer, was du willst. Außerdem hat ja Peter dabei zugeschaut."

„Zugeschaut?", fragte die Mutter errötend, „wobei?"

„Beim Schlachten!", antwortete Waltraud erfrischend ehrlich, wobei sie außerordentlich entzückend aussah.

„Ach so!", sagte die Mutter und aß weiter.

„Nein so etwas!", stieß die Großmutter aus, „wo ich es doch auf das ausdrücklichste verboten habe! Peter, wie konntest du nur?"

Waltraud jammerte: „Mir graust's. Vor allem graust's mir, ich mag nicht mehr." Klirrend fielen Messer und Gabel auf den Teller, Sauce schwappte auf das blütenweiße Tischtuch. Peter zog den Kopf ein, Anna wurde blass.

„Bitte Peter, bitte mein Bub!", säuselte die Mutter. Anna, das Kinn vorreckend, fühlte nun eine trunkene Angst.

Peter hatte nichts mehr dazu zu sagen, doch Waltraud insistierte: „Er war dabei. Anna hat es mir erzählt. Stimmt doch Peter, oder habe ich jetzt gelogen?"

„Peter? Ist das wahr?", erkundigte sich Tante Gudrun streng, deren Hand aber zitterte. Sie fragte Peter so, als sei sie an der Antwort gar nicht wirklich interessiert. Sie bemerkte nur, dass ihr Mann sie voller Verachtung anstarrte.

Peter sagte ganz ruhig: „Wir haben beide zugeschaut, Anna und ich. Frau Beck hat es erlaubt. Was ist denn schon dabei?“

„Für Kinder und Heranwachsende ist das aber nichts!“, stellte der Großvater milde lächelnd fest, denn er war ein gütiger Mann und meinte es nur gut.

„Stimmt. Und wir wollen dieses Gespräch jetzt nicht weiter fortsetzen“, befahl die Großmutter, Streit befürchtend, „aber jetzt essen und das gute Mahl genießen! Schließlich hatte ich viel Arbeit damit und wollte euch allen eine Freude machen, wir sprechen morgen darüber.“ Nun wurde zuerst schweigend weiter gegessen. Bis Onkel Hartmut, der dann und wann zufällig mit seinem Knie an Annas Bein anstieß, leise sagte: „Vergessen wir die ganze Geschichte. Morgen ist ja auch noch ein Tag! Morgen zeige ich euch etwas, Anna und Peter, ihr werdet staunen. Ihr werdet begreifen. Freut euch. Morgen gehen wir tanzen!“

Am nächsten Morgen gegen zehn Uhr stand Onkel Hartmut schon mit vorgerecktem Kinn, schwellender Muskulatur und einem bösen Lächeln im Gesicht angespannt wartend am Ende einer steilen Kellertreppe im Halbdunkel vor einer Kellertür. Er hatte wieder die Lederhose an und hob nun beide Arme bis über den Kopf, mit denen er den Geschwistern Zeichen machte. Bis sie errieten, dass sie sofort zu ihm hinab in den Keller steigen sollten. Im Keller, jawohl, an diesem düsteren Ort wolle er ihnen heute wie versprochen etwas Besonderes, nämlich das Tanzen beibringen. Peter hatte seiner Schwester den Verrat verziehen. Nun betrachtete er seinen Onkel und fragte sich, weshalb man zum Erlernen des Tanzens in den Keller gehen müsse. „Komm!“, sagte Anna, „wer weiß, vielleicht wird es sogar interessant“, und neugierig stiegen sie hinab, wo sie von Onkel Hartmut in Empfang genommen wurden. Der führte sie in den finsteren Kohlenkeller, wo ein ausgestopfter Wolf mit gefährlich funkelnden Glasaugen und scharfen Zähnen auf einem uralten Schlitten lag.

Nur spärliches Tageslicht sickerte durch eine schmale Luke über einem Haufen Koks. Es roch nach Kohlenstaub und feuchter Erde. Onkel Hartmut schloss schnell die Tür, steckte den Schlüssel in den Hosensack. Drehte sich grinsend um. Ein Griff und schon hielt er ein dickes Seil in der Hand, das er wie ein Lasso über dem Kopf kreiseln ließ, ganz überraschend. Anna und ihr Bruder wichen verwundert erst, bald von Angst erfüllt in den Hintergrund des Kellers zurück und sahen dabei, dass sich Onkel Hartmut wirklich freute, denn er lachte wie ein Betrunkener, als er den rechten Arm mit dem dicken Seil hob und damit schwingend ausholte, dass es nur so zischte. Der Onkel, dieses männliche Monster, hatte sich in einen Rasenden verwandelt.

„Den Schlüssel hab ich eingesteckt... hahaha... hinaus könnt ihr nicht, habt ihr das begriffen, ihr ungehorsamen, frechen Bälger, niemand wird euch hören, da könnt ihr noch so laut schreien, wenn ihr nach meinem Kommando zu tanzen beginnt. Das wird euch eine Lehre sein! Verbotenerweise beim Schlachten zusehen! Ha! Komm her Anna, du wirst als Erste bestraft" – und er versetzte ihr einen Hieb auf den Rücken. Blut! Schmerz! Anna heulte auf, aber er schlug wieder zu und noch einmal, und Schläge klatschten auf Annas Rücken, aus denen blutige Striemen wurden.

Der so musikalische Onkel nahm sich jetzt Peter vor, denn der sollte im Takt der Schläge, die er erhalten würde, eine Polka tanzen, auch ein Marsch konnte es sein, egal, die Hauptsache, dass dieser braungebrannte Bub endlich am Zügel ging. Und Peter, der behände wie eine Katze auf den Koksberg zu klettern versuchte, hatte auch keine Chance. Der Onkel packte ihn und riss ihn an den Trägern seiner Hose auf den feuchten Erdboden, sodass Peter hinfiel und die Arme schützend vor sein Gesicht hob. „Da!", zischte der Onkel, „noch eine Portion vom Seil extra für dich, weißt du nicht, dass Kinder den Erwachsenen zu gehorchen haben? Ich werde dich lehren, anderer Meinung und noch dazu frech und ungehorsam zu sein, den Anordnungen deiner Großmutter nicht Folge zu leisten! Und meine Tochter, die lasse gefälligst in Ruhe, sie ist viel zu gut für dich, du..."

Und der Onkel schlug und schlug und traf. Peter und Anna tanzten im Kreis, jammernd und heulend, und der Ball im Keller dauerte eine Viertelstunde. O, wie der Onkel lachte, ja er genoss es, genoss seine Macht wie das Pfeifen des Seils, wenn er schlug, und er lachte, weil die beiden Kinder vor Angst wie junge Wölfe heulten, niemand sonst hörte ihn lachen, er lachte wie vom Wahnsinn befallen, nur die Kinder hörten das Seil pfeifen und die Schläge folternd auf ihre Körper klatschen.

Als der Herr sein Werk getan hatte und müde ward, als er das Seil sinken ließ und die Tür aufsperrte, beförderte er die beiden Bestraften, die er das Tanzen gelehrt hatte, mit einem Fußtritt hinaus.

Gedemütigt wie geprügelte Hunde schlichen Anna und Peter nach oben in ihre Welt zurück. Als sie viel später der Mutter von dem Ereignis berichteten, wurden sie ausgelacht. Niemand wollte es ihnen glauben!

7

Die Kreuzotter

Immer wieder stellten sie Karl auf seinem Heimweg von der Schule nach – die Verfolger waren ungeschlachte, hässliche, aber kräftige Kerle, die nichts anderes als Brutalität im Kopf zu haben schienen; Söhne und Enkel von Bauern eben, denen Zupacken angeboren war. Ihn, den Stadtbewohner, ihn, der eine Brille trug und deswegen später einmal Pfarrer werden würde, versuchten sie immer wieder, irgendwo am Weg aufzulauern. Er war keiner von hier. Er sprach anders und spielte mit anderen Kindern. Das machte ihn verdächtig. Er trug keinen Stock, nicht einmal einen Stein hatte er in der Hosentasche, war auch an Raufereien nicht interessiert. Angst hatte er nicht, allein es wurde ihm immer mühsamer, diese Typen abzuschütteln, ihnen ausweichen zu müssen, Umwege zu machen, sich heimlich durch den Wald zu stehlen, ungesehen, mit Verspätung zu Hause anzukommen, nur damit es nicht wieder zu einem Handgemenge kam, viele gegen einen, damit sie ihn nicht wieder verdroschen, nur um sich dann zu Hause noch Großmutters besorgte Fragen, wo er denn so lange gewesen sei, anhören zu müssen. Es war ihm einfach lästig. Doch Angst zu haben hätte er sich nicht einmal einzureden versucht, auf gar keinen Fall aber eingestanden, falls er sie gehabt hätte. Angst, hatte ihn die Mutter gelehrt, habe nur ein Angsthase. Der Feige stirbt hundert Tode, der Mutige nur einen. Er war kein Feigling. Angst zu haben lernte er zwar verstehen, denn die begegnete ihm regelmäßig in seinen Fieberträumen, wo braune, raue Mühlsteine auf ihn zurollten und Wollknäuel, die sich riesengroß drehten, ihn zu zermalmen drohten. Da schrie er auf und Mutter nahm ihn in die Arme und beruhigte ihn, psst, sei still, mein kleiner Liebling, schlafe mein Prinzchen, schlaf ein. Aber das war nicht die Angst, die er hätte haben müssen, wenn einem Kerle wie diese auflauern; die Angst im Traum terrorisierte ihn schutzlos. Das Gefühl auf dem Heimweg von der Schule, wo er eigentlich Angst haben sollte, bereitete ihm hingegen keine Probleme und er hätte jeden ausgelacht, die ihm gesagt hätten, Karl habe sich gefürchtet.

Er konnte kämpfen! War er nicht kräftig für sein Alter? Zwar nicht so wuchtig gebaut wie seine Gegner, aber vor allem und zum Unterschied von jenen pflegte er allein zu raufen, hätte niemals einen Kameraden um Hilfe gerufen, wäre einer in der Nähe gewesen, doch Angst? Nein! Derlei Angelegenheiten musste man selber regeln! Er hätte auch niemals darüber gesprochen. Er war auf seine Art mutig (wusste er überhaupt, was es bedeutete, wenn Furcht in seinem Repertoire an Gefühlen fehlte? – furchtlos, das hätte er verstanden), gewandt, versessen auf Abenteuer. Er war kein Gewaltmensch. Konflikte zu vermeiden entsprach seinem Grundstreben, das ihm niemand beigebracht hatte, sondern das ihm angeboren war.

Zwar liebte er es nicht, wenn man über seine Schwächen redete, wiewohl er solche Kritik auch wortlos hinnahm – gelobt zu werden empfand er hingegen als angenehm, doch missfiel ihm die Verlockung, nur eines Lobes wegen – aus Eitelkeit – etwas zu tun. Dieser schnöden Köderung musste er widerstehen. Lob bedeutete ihm nicht mehr als eine schale – wenngleich auch angenehme – Schmeichelei, mit der er sich nicht einfangen und abhängig machen lassen wollte. Seine Art zu kommunizieren war weder jene von „Faust ins Auge“ noch die der trügerischen Schönrederei.

Selbst wenn er noch nicht gut lesen und schreiben konnte, vermochte er gewandt zu sprechen, aber er wusste, dass seine Gegner (nicht die Feinde!) keinen Wert auf Gespräche legten. Sie waren ungebildet, roh eben, wenn auch nicht von Grund auf verdorben, und ihre gegen ihn gezeigte Angriffslust besaß Gemeinsamkeit mit Karls Lust an Abenteuern.

Also begab sich Karl eines Tages wieder auf den Heimweg und merkte bald, dass ihn die Bande verfolgte. Er durchquerte die Stadt, ging den Hügel hinan und die von abgemähten Wiesen gesäumte Landstraße entlang. Die heiße Juniluft war trocken und schwanger vom Geruch nach Heu. Bald würden die Schulferien beginnen. Ein Haufen von dürrem Gestrüpp und Schnittholz erregte seine Aufmerksamkeit. Kürzlich hatte er bei einem ähnlichen Haufen Schlangen gesehen, giftige Kreuzottern, die auf Steinen bewegungslos in der Sonne rösteten, sich aber blitzschnell unter das Holz verkrochen, sobald Karl nähergetreten war. Er wusste, dass Schlangen mit ihrem Bauch selbst die feinsten Erschütterungen wahrnehmen.

Jetzt aber kam ihm eine Idee. Er suchte und fand einen Ast, dessen Vorderende sich Ypsilon-förmig gabelte. Nun schlich er vorsichtig und mit wachen Sinnen an diesen Holzhaufen heran. Je näher er kam, desto langsamer bewegte er sich, zum Schluss nur mehr millimeterweise, wobei er vor allem die Steine genau absuchte. Geduld hatte er, genug davon, wahrhaftig. Einmal, als Kleinkind, da hatte er die Mutter gefragt, wie man einen Vogel fangen könne: Du musst ihm Salz auf den Schwanz streuen, hatte sie ihm geantwortet. Karl war daraufhin mit einer Handvoll Salz hinunter zur alten Gartenmauer geeilt, wo die Spatzen zwischen emporrankenden Bohnenpflanzen in der Wiese spielten, hatte sich ins Gras gelegt, gelauert, gewartet, regungslos, die Hand mit dem Salz erhoben. Näher waren die neugierigen Vögel gekommen, näher und immer näher, bis sich schließlich der vorwitzigste Spatz genau unter die Hand mit dem Salz gewagt hatte. Karl lässt es rieseln und fasst mit einer blitzschnellen Bewegung zu, kriegt den Vogel zwischen die Finger. Zurück rennt er, ins Haus. Voll Stolz präsentiert er seine jämmerlich piepsende Beute der Mutter. Die aber hatte ihn nicht gelobt, sondern ihm den Vogel weggenommen, freigelassen und über Karl eine Strafe verhängt, die darin bestand, dass er eine Stunde im finsteren Keller hatte hocken müssen, um dort über seine Tat nachzudenken. Er findet diese Strafe heute noch ungerecht.

Da – eine Kreuzotter! Erdfarben, perfekt getarnt und reglos in der prallen Sonne. Hätte er nicht gewusst, wonach er Ausschau halten wollte, er hätte das Tier keinesfalls entdeckt. Jetzt erinnert sich Karl an diesen Akt der Geduld und die ungerechte Strafe; noch langsamer pirscht er sich heran, jede Erschütterung vermeidend, den gegabelten Zweig vorgereckt, näher, näher, die Schlange regt sich nicht. Dann stößt er zu und hat das Reptil mit der Astgabel knapp hinter dem Kopf festgeklemmt und gegen die harte Unterlage gedrückt. Die Otter kann nicht entkommen, mag sie sich noch so wehren und winden. Karl bückt sich und packt den trockenen, sich verknotenden Schlangenleib dort, wo ihn der Zweig gefangen hält. Dann wirft er sein Fangwerkzeug weg. Jetzt besitzt er eine Waffe.

Als das Rudel seiner Gegner daher kommt, stellt Karl sich ihnen auf der Straße entgegen. Sie zögern, rücken nur mehr langsam vorwärts, halten schließlich an. Was macht den Kleinen plötzlich so trotzig, dass er nicht davonrennt? „Angeber!“, schreit Karl ihnen zu, und „Feiglinge! Kommt’s doch her! Oder scheißt’s euch an?“

„Hos’nscheißa?“, sagt der Anführer, „sölba ana!“ Und er

versucht ein verächtliches Lachen. Die anderen stimmen in das Gelächter ein, sie wollen sich damit Mut machen, aber sie kommen nicht näher. In diesem Augenblick ergreift reine Tollkühnheit von Karl Besitz: Langsam geht er auf die Gruppe zu, die Schlange in der nach vorn gestreckten Hand.

„Was hast denn da?“, will der Anführer wissen.

„Komm her und schau’s dir an, wennst di traust“, ruft Karl.

Getuschel in der Gruppe. Schließlich tritt der Anführer vor. „Zeig her“, schreit er, „was du da hast. Einen Stein? Mir macht des nix aus!“ Und er ballt die Hände zu Fäusten, um dem Gegner Angst einzujagen. Die beiden Kontrahenten nähern sich einander bis auf kurze Entfernung.

Plötzlich erkennt der Anführer, was Karl da zwischen den Fingern hält und springt mit einem Aufschrei zurück: „Der Saukerl! Der hat a Kreuzotter! Der will uns umbringen! Der versteht kan Spaß! Des sag’ ich meinem Vater! Na wart’, da wirst’ was erleben!“ Und die Gruppe rennt davon.

Am folgenden Tag wurde Karl zum Schuldirektor zitiert. Der befragte ihn genau, wie er zu dieser Schlange gekommen sei und ob er über die Gefährlichkeit dieses Untieres nicht Bescheid wisse, vor allem aber betonte er, in welche Gefahr er nicht nur sich selbst, sondern auch die anderen Kinder gebracht hätte. Erst unlängst sei ein Bub den Folgen eines Kreuzotternbisses im Krankenhaus erlegen.

Geduldig erklärte Karl dem Direktor alles, vor allem, wie er die Schlange gefangen hatte, denn diese Technik, so berichtete er dem Direktor, habe er von seinem Großvater erfahren, der ihm, Karl, von der berühmten Schlangenfarm in Brasilien erzählt habe, wo man die Tiere entweder auf diese Weise oder mit kleinen, an Stäbe gebundenen Schlingen einfängt, auf jeden Fall aber immer knapp hinter dem Kopf, weil sie einen so nicht beißen können. Man drückt sie dann mit dem aufgerissenen Maul gegen ein mit Zellophan zugebundenes Glasgefäß, wohinein sie ihre Giftzähne bohren, so dass das Gift in das Glas spritzt. Das Gift wird dann genau untersucht, damit man daraus ein Gegengift herstellen kann. Das alles wusste Karl dem Direktor zu berichten, der aber weder von der Produktion der Gegengifte noch je etwas von Butantan, der Schlangenfarm in Brasilien gehört hatte. Vielmehr unterbrach er Karl sehr bald, um ihm mitzuteilen, es gehe nicht darum, wie man Schlangen fängt und wozu, sondern einzig und allein darum, dass man mit diesen Gifttieren auf keinen Fall Menschen bedrohen dürfe. Das, so der Direktor, sei eine verwerfliche Tat.

Karl ließ diese Vorwürfe schweigend über sich ergehen. Er erwähnte auch jetzt nichts von den häufigen Verfolgungen durch seine Gegner und dass er sich schließlich nur mit der Schlange zu helfen gewusst habe. Indem er nämlich gerade über diese Vorfälle schwieg, erniedrigte er die Mitglieder der Bauernbubenbande in seiner eigenen Achtung. Sie hatten ihn verpetzt, wo sie doch nicht nur zu mehrt gegen einen losgegangen waren, sondern noch dazu mit den Feindseligkeiten angefangen hatten. Aber er vergalt ihnen das nicht mit Gleichem. Er flüchtete sich in keine Rechtfertigung, schwieg beharrlich darüber, dass er sich mit der Kreuzotter ja nur verteidigt und an einen Angriff nie gedacht habe. Das erklärte er dem Schuldirektor nicht, denn er hätte es sich selber als Feigheit ausgelegt, doch eben deshalb wurde er von jenem, der den wahren Sachverhalt ja nicht kannte, gemaßregelt. Beharrlich schwieg Karl über diesen Punkt, wie sehr er auch nach dem Grund für sein Handeln befragt wurde. Das Schweigen schadete ihm in den Augen des Lehrkörpers. Man stempelte ihn als schuldig ab und bestrafte ihn. All das nahm Karl widerspruchslos hin, denn für ihn zählte einzig die Tatsache, dass sich die Mitglieder der Bande, indem sie ihn angezeigt, zu unwürdigen Gegnern degradiert hatten, er hingegen der Versuchung, sich zu rechtfertigen, tapfer widerstanden hatte.

Zu Hause gab es einen argen Wirbel, wenngleich Karls Mutter auch bei allen Ermahnungen und Moralpredigten einen gewissen Stolz durchblicken ließ: War ihr Sohn nicht ein echter Kerl? Eine Giftschlange mit bloßen Händen zu fangen! Unglaublich! Und das in diesem zarten Alter! Wer würde so etwas wagen? Der Bub würde gewiss ein berühmter Forscher werden! Und wenn schon nicht das, dann zumindest Biologe oder Lehrer. Aber das Erstaunliche an der ganzen Angelegenheit war, dass Karl nun tatsächlich keine Gegner mehr hatte. Nie mehr wurde er am Schulweg belästigt. Der Anführer der Bubenbande wich ihm aus, vielleicht weil er ein schlechtes Gewissen hatte, und die anderen behandelten ihn mit einem gewissen Respekt.

Ja, Karl war beinahe ein Held geworden.

8

Elegie für einen Frosch

Unsere Freunde Charles und Nathalie, die mit Recht von sich behaupten konnten, jedes besondere Genfer Restaurant zu kennen, hatten uns zum Essen in ein Bistro in der Rue de Carouge eingeladen, wo neben hervorragendem Kartoffelgratin eine Menge anderer Spezialitäten serviert wurden, noch dazu zu günstigen Preisen. Als wir dort gut gelaunt ankamen, war das populäre, hell erleuchtete Restaurant längst voll besetzt, sodass man von Glück sagen konnte, dass Charles einen Tisch für vier Personen reserviert hatte. Lampen mit Schirmen aus Porzellan verbreiteten ihre warmen Lichtkreise über den viereckigen Tischen aus dunkelbraunem Holz, die sich in den zwei Sälen mit dem zerkratzten alten Schifferboden und den langen, rechteckigen Spiegeln in verblassten Goldrahmen an den Wänden reihten, in denen sich die essende und trinkende Menge und die goldenen Lichter über den weißen Papiertischtüchern spiegelten, sodass das Lokal doppelt so groß wirkte, als es eigentlich war.

Wir setzten uns. Während die Kellnerin den Tisch mit einem Papiertuch deckte, Besteck, Teller, Gläser sowie einen Korb mit frischer Baguette vor uns hinstellte, griffen wir sofort nach der Speisekarte – eigentlich eine überflüssige Geste, da ich ja schon wusste, was ich diesmal essen würde. Hatte nicht Charles erklärt, ich müsse unbedingt endlich einmal die berühmten cuisses de grenouille ausprobieren, die in diesem Restaurant als besondere Spezialität galten?

Gedacht, getan, wir bestellten also Froschschenkel, und während wir auf das Essen warteten und das Aroma von gebratenem Knoblauch und gehackter Petersilie atmeten, tranken wir in großen Schlucken bereits einen kräftigen Sancerre, den uns die Kellnerin in einer geschliffenen Karaffe brachte. Im gedrängt vollbesetzten Lokal war es furchtbar laut, so laut, dass man Mühe hatte, zu verstehen, was einem der Gegenübersitzende gerade erzählte. Ich betrachtete die vielen gerahmten, teils signierten Fotos von Berühmtheiten aus Politik und Kunst, die hier gespeist hatten und mit denen die Wände geradezu tapeziert waren. Ach Gott, der da mit dem unleserlichen Autogramm, wie hieß er nur, und die da! Ob diese Prominenten überhaupt noch lebten? Und hatte der dicke Alte mit der Zigarre vor ungefähr 40 Jahren nicht auch den Kommissar Maigret gespielt? „Schön!“, sagte ich, „ein interessantes Bistro! Danke, dass ihr uns hierher geführt habt.“

„Gern geschehen“, antwortete Charles, „auch wir freuen uns sehr!“

Aus der Küche tauchte nun eine Kellnerin auf und schleppte eine fettige Pfanne, schwarz, schwer, aus Gusseisen mit gelbem Kartoffelgratin, von dem sie uns mit einem Schöpfer, den sie tief in die sahnige, mit Käse überbackene Masse tauchte, eine Portion auf den Teller häufte und dabei verkündete, die Schenkel würden auch gleich kommen. Nathalie fühlte sich bemüßigt zu erklären, wie man sie zubereitet. Auftauen lassen und trocken tupfen, mit etwas Mehl ganz leicht bestäuben, Butter in einer Pfanne bei mäßiger Hitze zergehen lassen und mit Olivenöl vermischen. Gehackten Knoblauch mit anbraten, dann die Froschschenkel hineinlegen und auf beiden Seiten goldgelb braten, leicht salzen und pfeffern, mit frischer Petersilie bestreuen und auf heißen Tellern zu Gratin oder frischer Baguette servieren. „Ja", bestätigte Charles von einem Ohr zum anderen lachend, denn er war wirklich bester Laune, „der Knoblauch macht es erst aus. Ich esse sie unglaublich gern. Sie sehen wie kleine Hühnerschenkel aus. Ihr werdet sehen..."

Ich gestand: „Für mich ist es das erste Mal, denn Frosch habe ich noch nie gegessen. Hoffentlich ist das Zeug wirklich gut! Mir ist die Vorstellung nicht ganz geheuer. Oder auch dass es Leute gibt, die Schnecken mögen."

„Aha! Du denkst an die Franzosen!", sagte mein Mann, – „die sind doch nach Schnecken ganz verrückt."

„Ja! Sie sind wirklich sehr geschmackvoll", pflichtete Charles bei, „ich esse sie unglaublich gern, vor allem mit Knoblauch und Kräuterbutter!"

„Wusste gar nicht, dass du unter die Menschenfresser gegangen bist, Charles", sagte ich tendenziös und kicherte vor mich hin.

„Die Schnecken natürlich, nicht die Franzosen", trompetete er grinsend, „ist doch logisch!"

Nathalie trank einen Schluck Wein, wandte sich an ihren Mann und erklärte: „Schnecken sehen aber aus wie frisch aus der Nase gezogene Popel, findest du nicht, chéri?"

Charles lachte nun auch ein wenig, schüttelte aber gleich darauf den Kopf: „Finde ich eigentlich nicht. Was du da sagst, ist echt widerlich, chérie!"

„Es ist aber so", beharrte Nathalie, „du solltest dir eine Schnecke auf einer Schneckengabel einmal genauer betrachten, chéri, und du wirst feststellen müssen, dass ich nicht ganz Unrecht habe! Sie sehen wirklich wie echte dicke graubraune Popel aus."

„Werde wohl niemals eine Schnecke anrühren!", erklärte mein Mann, sich vor Ekel schüttelnd, und darauf Charles aufgebracht zu Nathalie: „Willst du uns vielleicht den Appetit..."

„Ach nein, chéri! Tut mir leid."

„Also, lassen wir das, da wir heute sowieso keine Schnecken essen", meinte Charles sich beruhigend und goss sich einen Schluck von dem gelben Wein in den Mund, „heute gibt es ja cuisses de grenouilles! Froschschenkel! Ihr werdet es nicht bereuen, wie schon gesagt."

„Ich hatte einmal –", sagte ich plötzlich über meinem Weinglas, das ich zwischen Daumen und Zeigefinger drehte, „– als Kind meine ich, einen Spielzeugfrosch. Den musste man aufziehen und fest zusammendrücken, denn nur dann ist er auch gesprungen. Den Frosch hatte ich sehr gern, er ist durch das ganze Zimmer gehüpft… ob es solches Spielzeug heute noch gibt? Und wer weiß, vielleicht ist dieses Spielzeug dran schuld, dass ich einen Frosch auf dem Gewissen habe!"

Das Gespräch wurde durch den Auftritt der Kellnerin unterbrochen, die mit einer Pfanne auftrat, in der die gerösteten Froschschenkelchen in einem Meer goldgelb gebräunter Butter mit fein gehacktem Knoblauch und Petersilie schwammen. Der Duft, der in knoblauchgeschwängerten Schwaden aufstieg und mir die Sinne benebelte, steigerte meinen Appetit auf das kommende kulinarische Ereignis, das auch ein irgendwie dubioses sein musste, trotzdem auf die Weise, dass mein Magen proletarisch laut zu knurren begann. Nathalie und Charles lachten darüber, während schon eine üppige Portion der Spezialität auf dem Teller mit dem Gratin landete.

„Die sehen aber sehr dünn und klein aus", stellte mein Mann irritiert fest, „ich nehme an, dass man sie mit den Fingern isst?"

„Ja, man muss sie wie Hühnerknochen abnagen", erklärte Nathalie. Und so nahm auch ich ein paar Stück und nagte sie ab und stellte fest, dass sie echt gut waren.

„Na, und wie schmeckt's?" Charles saß mir gegenüber. Mit einer Papierserviette tupfte er sich etwas Kräuterbutter vom

Mund, wonach er wieder zum Besteck griff, denn für den Gratin brauchte er ja doch eine Gabel, und fügte noch hinzu: „Seid ihr zufrieden?“ Wir nickten beide und sagten, wir hätten uns nie vorstellen können, dass Frösche wirklich so gut schmeckten.

„Nicht ganze Frösche!“, erklärte jetzt Nathalie, „es sind ja nur ihre Hinterschenkel.“

„Man reißt sie ihnen aus, heißt es wenigstens, bei lebendigem Leibe“, fügte ich hinzu, „aber ob das stimmt? Ich kann es mir eigentlich nicht vorstellen, solche Grausamkeiten! Doch ihr wisst ja, was man Tieren antut, die man verspeist, ich meine, weil man sie nur deshalb leben lässt, damit man sie abstechen, braten und essen kann.“ Auf einmal fühlte ich mich weniger gut. Ich legte die Gabel auf den Teller. „Bitte!“, rief mein Mann verärgert, „muss das sein?“

Und Charles kopfschüttelnd: „Die Frösche werden heute ganz anders getötet. Das habe ich in einer Zeitung gelesen. Mit Strom. Durch riesige Becken voller Frösche wird eine Ladung Strom gejagt, sie sind betäubt, spüren nichts, erst dann zerteilt man sie…“, und seufzend legte auch er das Besteck nieder.

Die Kellnerin kam vorbei: „C’est bon?“, erkundigte sie sich, „ça va?“

„Merci, très bien!“, antworteten wir im Chor.

„Stimmt leider nicht!“, entgegnete ich, denn ich erinnerte mich ganz plötzlich an einen Zeitungsartikel, den ich nicht referieren wollte, in dem berichtet wurde, dass in Indonesien und der Türkei die Frösche in ihrem natürlichen Lebensraum gejagt, bei lebendigem Leib übers Messer gezogen werden, die Wirbelsäule durchtrennt man ihnen, die Schenkel werden abgerupft. Bis zu drei Stunden leben die Oberkörper noch weiter. Es ist das Schicksal von Millionen Fröschen, deren tiefgekühlte Schenkel in jedem gut sortierten französischen oder Schweizer Supermarkt zu kaufen sind. Frösche lassen sich eben nicht in großem Stil auf Farmen züchten. Doch warum, warum um des Himmels Willen aß ich sie heute überhaupt?

Und dann fiel mir noch etwas ein, und ich sagte beinahe erstaunt: „Ich habe einmal jedenfalls so einen gottverdammten Frosch mit eigenen Händen ermordet. Aber da war ich noch sehr klein und saß in einer Sandkiste, spielte mit dem Sand, ich erinnere mich noch sehr genau, es war im Mai und ich hatte eine Burg gebaut, eine Ritterburg, in die eine kleine Straße hineinführte, verziert mit weißen Kieselsteinen, alles sehr hübsch!"

Ich pickte mir mit Daumen und Zeigefinger noch einen Schenkel aus der gebräunten Butter, schob eine weitere Portion Gratin zwischen die Zähne nach und fuhr gleich darauf zu reden fort: „Du bist ein Kind, fühlst dich wohl in ein Glück getaucht wie es nur Kinder erleben können, während du so allein im Sand auf deinen Fersen hockst, geborgen und beschützt von hohen, Schatten spendenden Fliederbüschen und auf einmal, ja auf einmal wirst du gestört. Weil etwas Unvorhergesehenes passiert."

„Ach ja? Und was ist es nun gewesen?", erkundigte sich Charles nach der Papierserviette langend. Er trug eine Goldrandbrille über seinen blauen Augen und lächelte mich neugierig an. „Du hast gesagt, dass du einen Frosch auf dem Gewissen hättest", fügte er hinzu, „weißt du, was ich glaube? Dass du ihn an eine Wand geschleudert hast." Und er lachte sehr laut.

„Habe ich nicht", sagte ich und lachte nun auch, „leider nein, denn sonst wäre ich jetzt wohl mit einem Prinzen verheiratet."

„Ach! Das würde dir sicher gefallen!", stieß mein Mann aus und schüttelte dabei lachend den Kopf.

„Kann schon sein", gab ich zu. „Aber die Geschichte mit dem Frosch! Wand war keine da. Ich bin ja in einer Sandkiste gesessen und habe den Frosch dort getötet. Bin auch sehr hart bestraft worden."

„Klar", sagte Nathalie. Sie war brünett, schlank, aus dem

Wallis stammend, eine bekannte Malerin, „Tiere darf man nicht quälen! Hätte ich eigentlich niemals von dir gedacht! Und wie alt warst du damals, als diese Geschichte mit dem Frosch passiert ist?“ Sie steckte eine weitere Portion der herrlichen Speise zwischen ihre großen Zähne und schaute mich lange an. In ihrem Gesicht las ich etwas, das mir wie Ablehnung schien. Vielleicht mochte sie mich nicht. Oder nicht mehr. Ich dachte angestrengt nach und antwortete: „Wahrscheinlich vier oder fünf Jahre alt.“

„Bitte!“, sagte mein Mann ziemlich ungeduldig, „muss das denn sein? Egal, wie alt du auch gewesen bist damals, mein Gott, wen interessiert schon deine Kindheitserinnerung?“

Doch sie war da wie eine Fotografie, ich erinnerte mich an die auf festen Boden gepflanzten alten Fliederbüsche, in deren Gezweig manchmal der Wind spielte, dass die grünen Blätter raschelten und die dunklen Äste auf- und nieder schwankten und dass sie an diesem längst fernen Morgen weiße und violette Blütendolden trugen. Bienen flogen hin und her, auf und nieder. Stark duftete es süß nach frisch erblühtem Flieder, und das Parfum des Frühsommers vernebelte mir beinahe den Kopf. Die Sandkiste, in der ich als kleines Mädchen mit einem roten Kübel und einigen Formen Kuchenbacken spielte, bestand aus einem hölzernen Rahmen, in dem viel reiner, seidenweicher Sand in weißen Schichten lag, für den der Großvater immer sorgte, denn Sand, in dem Kinder spielen, müsse sauber sein, behauptete er, weshalb alle zwei Wochen frischer geliefert und der verschmutzte abtransportiert wurde. Mit einigen handgroßen, grauen Steinen hatte ich eine marmorne Ringmauer um die Ritterburg errichtet. Ich hatte ein blaues Trägerkleid an, nackte, vom Sommer gebräunte Schultern, die Sandalen ausgezogen und ins Gras neben die Sandkiste gestellt, tief in den Sand war ich gestiegen, meine dünnen Beine versanken beinahe bis zu den Knien darin, ich spürte die Wärme des Sandes zwischen den

Zehen, sobald ich mich bückte oder im Sitzen streckte, um nach der Spielzeugschaufel zu greifen. Schläfrig saß ich im besonnten Viereck in meiner eigenen Welt, abgeschlossen von den anderen. Die Stimme der Mutter kam dann wohl von irgendwoher, ein Vogel streifte durch die Lüfte und ließ sich auf einem dunklen Baum nieder, und als er zu singen begann drüben am Baum, war dessen Gesang mir vertraut. Eine Amsel? Auch die Weise wie der Sonnenstaub auf den Blättern des Flieders leuchtete oder wie eine Wespe über dem Sandspielplatz kreiste, ein Schmetterling mit seinen braunen Flügeln sich auf eine Blüte setzt und wie der Sand so sacht durch die träumenden Hände rieselte, das leuchtete alles wie schöne Gedanken.

„Doch dann… so ist es eben manchmal… auf einmal geschah etwas, wie soll ich es denn ausdrücken, um es euch begreiflich zu machen? Es war so etwas wie ein scharfer Riss, der meine kleine, sonnige und so schöne Welt zerstörte. Ja, ich habe in einer Sandkiste eine Burg gebaut, und sicher habe ich eine ganz besondere Art von Glück empfunden, bis auf einmal etwas geschehen ist, eigentlich etwas sehr Trauriges."

„Und was?", fragte Charles, indem er sich räusperte. „Warum spannst du uns so auf die Folter?"

„Weil es nur ein Frosch war, wie hingezaubert vor mir gelandet. Im Sand. Er ist aus dem Schatten der Fliederhecke gesprungen, mit einem hohen Luftsatz aus dem Laub gehüpft und in einem hohen Bogen wie durch die sonnige Luft geschleudert mitten im Sand direkt vor mir gelandet. Dort ist er sitzen geblieben, verwundert vielleicht oder auch selbst über das Unerwartete erschrocken, wobei er den Blick aus seinen feuchten, goldenen Augen starr auf mich richtete. Das war niemals vorher geschehen, weder dem Frosch noch mir. Es war tatsächlich ein echter, ein dicker, großer, grüner Frosch!" Ich dachte nach und fuhr dann so fort: „Ich erinnere mich, dass ich kaum zu atmen wagte und einen Irrlauf in meinem Kopf fühlte nach diesem Schock und deshalb auch einen Schrei ausstieß, weil das ungebetene Tier mir so jäh einen furchtbaren Schrecken eingejagt hatte. Erstaunt starrte ich das fremde Geschöpf an. Ein Froschkönig? Ich hatte jedenfalls erkannt, dass dieses grüne, feuchte, atmende Ding, das da vor mir im Sand saß, ein lebendiger Frosch und kein Spielzeugtier war, ein echtes Lebewesen mit einem Maul und Augen, mit vier Beinen und wahrscheinlich auch einer Stimme, und weil es kein Spielzeugtier, sondern ein lebendiger Frosch war, wurde es mir auf einmal unheimlich, dazu kamen Angst und Neugier, die Neugier einer Forscherin. Ich habe mich gefragt, was der Frosch wohl von mir wollte. Von meinem Tellerlein essen? Oder gar in meinem Bett schlafen? Niemals!"

Charles lachte wohlwollend. Schob seinen Teller mit dem Rest gebratener Froschschenkel von sich, trank aber einen gewaltigen Schluck Wein. „Und dann?", fragte er, das Glas vor den Teller stellend, „was ist dann passiert? Bis jetzt kann ich jedenfalls nichts Schreckliches erkennen!"

„Der grüne Kerl saß ohne sich zu rühren noch wie gelähmt an demselben Platz im Sand vor mir und starrte mich reglos an, wahrscheinlich überlegte er, was nun zu tun sei. Ich nehme an, dass er vielleicht auch Angst hatte. Er saß nur da, gekleidet in seinen merkwürdigen, eigentlich wunderschönen grünen Körper mit den feucht schillernden Flecken, und während er lautlos atmete, schien er mich aus seinen Märchenaugen sehr genau zu beobachten, um sich die weitere Vorgehensweise zu überlegen, denn noch schien er nicht zu wissen, wohin er fliehen oder ob er nicht doch lieber bleiben sollte und das tat er so lange, bis er anfing zu lachen, ob ihr es nun glaubt oder nicht, und so kam es, dass wir einander eine Weile einfach nur anstarrten, voller Neugier, weil weder der Frosch noch ich wussten, was von der Situation zu halten sei, ob Gefahr drohte, dem einen vom anderen oder ob man vielleicht miteinander auskommen, ja sogar miteinander spielen könnte.

Der Frosch lächelte noch immer! Ob er an mir interessiert war? Unglaublich."

„Ein Laubfrosch?", erkundigte sich Nathalie höflich, der dieses Gespräch schon auf die Nerven zu gehen begann, „oder eine dicke fette Kröte?"

„Nein, ein schlanker Springfrosch, der einen graugrün gefärbten, eher gefleckten Rücken mit einigen Warzen hatte, dazu sehr lange Hinterbeine und Vorderbeine wie verkrüppelte Hände. Aus dem Kopf trat rechts und links je ein Wulst hervor, unter dem Augen mit waagrechter Pupille saßen, und diese Augen schimmerten golden. Das Tier hatte eine breites, nahezu lächelndes Maul, aus dem kein Laut kam, nichts. Und dann erinnerte ich mich an den Spielzeugfrosch in meinem Kinderzimmer, an den, von dem ich euch vorher schon erzählt habe. Es war der aus grünbemaltem Blech, den man aufziehen musste und dann konnte er, solang sich die Feder in ihm drehte, durch das Zimmer hüpfen. Das hat meinem Bruder und mir immer so gut gefallen. Und wenn man den Blechfrosch zwischen den Händen drückte, begann er sogar zu quaken!"

„Aha", sagte Charles, „du hast also angenommen, dass..."

„Genau. Weil dieser dumme Frosch gar nichts gesagt hat, habe ich ihn blitzschnell gepackt, meine Finger haben sich wie Klammern um seinen feuchten Körper geschlossen, so...", sagte ich, indem ich das leere Glas vor mir umklammerte, „ich habe nämlich zuerst ausprobiert, ob er nicht doch hüpfen wollte, jedenfalls habe ich ihn mit meiner kleinen Faust umklammert, der arme Frosch war nun ganz in meiner Hand, ich habe ihn festgehalten, fest und immer fester, habe gnadenlos zugedrückt, er saß in der Falle, hat voller Todesangst zu strampeln begonnen..."

„Bitte, so hör' doch endlich auf!", rief mein Mann aus, aber ich hörte nicht auf, sondern erzählte in ein paar schnellen, atemlosen Sätzen meine Geschichte fertig:

„Je mehr er sich wehrte, desto fester drückte ich zu, es ist die Wahrheit, und ich habe ja schon vorhin erklärt, dass ich ihn auf dem Gewissen habe, und warum ich das getan habe, weiß ich auch heute noch nicht. Mich ekelte vor ihm, vor den Warzen, der glitschigen Feuchtigkeit, vor den Schwimmhäuten zwischen den Zehen dieses Fremden. Entschlossen drückte ich noch fester zu, fünf kleine Finger schlossen sich endgültig brutal und gnadenlos um den kalten, zuckenden Leib. Ob ich ihn doch noch los lassen wollte?

Aber ein Hinterbein des Frosches hing plötzlich unbeweglich zwischen meinen Fingern herab, die nicht nur schmutzig aussahen, sondern auch stark rochen, irgendetwas hatte geknackt, und weil ich spürte, dass ich dem Frosch sehr weh getan hatte, ließ ich ihn endlich entsetzt los, sodass er in den Sand fiel, wo er noch ein paarmal zuckte und mich mit einem gequälten Ausdruck betrachtete. Das breite Lachen war ihm vergangen. Er konnte nicht mehr springen, flach atmend lag er mit einem kaputten Bein im Sand. Nein, hüpfen würde er nie mehr. Und dann… ich konnte es nicht mehr aushalten, glaubt mir, total verzweifelt war ich, vielleicht griff ich deshalb auch nach einem der Steine, mit denen ich meine Ritterburg verziert hatte, weit holte ich aus und schlug wie ein Hammer zu, zwei-, dreimal oder noch öfter, jedenfalls schlug ich den Frosch so lange tot, bis er sich nicht mehr rührte. Ein quälendes Schuldgefühl überfiel mich dabei. Weg musste er, dieser tote Frosch, weg, fort aus meinen Augen, und so trachtete ich danach, die Leiche zu beseitigen. Er musste verschwinden, unsichtbar werden und war er erst einmal verschwunden, würde ich auch von meiner quälenden Schuld befreit sein, hoffte ich. Wie andere Mörder vor und nach mir habe ich mein Opfer mit einer Schichte Sand bedeckt."

„Eine traurige Geschichte", gab Charles nachdenklich zu, „Kinder wissen eben oft nicht, was sie tun. Wäre ich dein Vater gewesen, hätte ich dich sicher bestraft."

„Ach ja", seufzte ich, „die Strafe ist nicht ausgeblieben, sie ist mir gut in Erinnerung, wahrscheinlich wusste ich nur zu genau, dass ich sie auch verdient hatte. Ich habe wirklich bittere Tränen geweint. Meine Mutter hat den toten Frosch natürlich entdeckt, mich einem schrecklichen Verhör unterzogen, dem eine harte Strafe folgte. Und heute…"

„Und heute?", echote Nathalie.

„… esse ich gebratene Frösche!"

Darauf Charles spontan: „Ich glaube, dass du im Zusammenhang mit diesem Frosch tatsächlich den größten Fehler deines Lebens gemacht hast!"

„Wieso?", erkundigte ich mich, perplex, „wie meinst du das?"

„Ich meine, es wäre gescheiter gewesen, den Frosch an eine Wand zu schleudern, du weißt ja, warum!"

9

Hansi, der kleine Nager

Griechenland ist so etwas wie eine zweite Heimat für uns. Ich fahre mit meiner Familie schon seit Jahrzehnten auf den Pílion, eine Halbinsel, die sich wie ein gekrümmter Finger mit Basis bei Vólos gegen Osten in die Ägäis vorreckt und mit seiner Krümmung den Golf von Volos – auf Griechisch „Pagasitikós Kólpos" – umschließt. Das an manchen Stellen über tausend Meter hohe Gebirge ist an der sanften Innenseite beinahe vollkommen von Olivenhainen bewachsen und daher auch während der heißen, dürren Sommermonate angenehm silbrig grün, bis hinunter ans Meer. Dort haben wir an einer stillen Bucht ein Haus gemietet und unternehmen Ausflüge in die Nachbarschaft, zu Fuß oder per Fahrrad. Und so konnte es nicht ausbleiben, dass wir auch in das winzige Dörfchen kamen, das den exotischen Namen „Kukuléika" trägt. Gab es bis vor Kurzem dort weder Fließwasser noch elektrischen Strom, so hat sich das inzwischen geändert, der Fortschritt macht eben nirgendwo Halt, und diejenigen, die dort ein Grundstück besitzen, können sich dessen Wertsteigerung sicher sein.

In Kukuleika wohnen nur wenige Familien, darunter auch zwei aus Graz, eine davon mit dem Namen Janda. Durch eine enge, von teilweise verfallenen Steinbauten gesäumte Staubstraße getrennt liegen dort zwei zueinander gehörige Häuser, eines davon mit einer weinüberwachsenen Terrasse, die dem Ruhesuchenden einen atemberaubenden Ausblick auf den Sund und das gegenüberliegende Hügelland des Pílion gewährt. So schön, dass man alles andere ringsum vergisst.

Die Familie Janda besteht vorwiegend aus dem Chef, Kurt, Doktor juris und dessen Frau Elsbeth, ihres Zeichens Gymnasiallehrerin für die anglosächsische Hochsprache.

Wenn wir unten – wie man so sagt – einen heißen Sommermonat verbringen, begegnen wir einander regelmäßig, wenn auch nicht zu oft. Mal hier mal da. Und wir trinken Prosecco, Retsína, Rotwein und manchmal bereiten die Jandas herrliche Gerichte, zu denen sie uns und andere laden: Bohrmuscheln, Oktopusgulyás, Schmorbraten, Lamm, Ziege. Speisen, welche man sonst kaum je wo serviert bekommt.

Kurt ist für mich derjenige Mensch, der von allen, die sich Griechisch als Fremdsprache durch eifriges Studium angeeignet haben, diese Sprache am besten beherrscht. Er liest sogar griechisch geschriebene Romane. Sein Wortschatz deckt alle Gebiete sprachlich ab, weit über das Maß hinaus, welches der interessierte Durschnittstourist jemals erlernen könnte. Zudem kennt er jeden Flecken, jede Klamm dieses Gebirges, jedes Dorf und dessen oft sehr wechselhafte und gar kriegerische Geschichte. Er kennt nicht nur Pflanzen, Gesteine, weiß um die Olivenkulturen und Feuersbrünste dieser Gegend, er befährt auch mit seinem Kaiki das Meer, fischt, taucht… kurzum, eine Stunde mit ihm ist eine absolute Bereicherung.

Elsbeth, seine Frau, ist erst in letzter Zeit vom Ehrgeiz angesteckt worden und hat mit einem intensiven Griechisch-Studium begonnen, welches bereits reife Frucht trägt. Was wir an ihr besonders schätzen, ist ihr mit leichtem Sarkasmus untermischter, zugespitzter, trockener Humor, den sie sich vielleicht durch das Studium des Englischen angeeignet haben mag. Spricht man mit ihr, so sei man doch besser auf der Hut – obwohl sie niemals verletzend oder gar beleidigend sein würde, niemals, denn dazu mangelt es ihr an Aggressivität, im Grunde ihrer Seele ist sie trotz ihres scharfen Intellekts sehr wohlwollend und gutmütig.

Wieder einmal war es gekommen, dass wir bei Jandas auf der Terrasse saßen, aufs Meer blickten und Prosecco schlürften. Es war heiß, doch im Schatten der Pergola angenehm. Das Gespräch plätscherte dahin.

Irgendwann sagte ich – und ich kann rückblickend nicht mehr erklären warum – „Ich muss euch jetzt eine Geschichte erzählen: Die folgende Geschichte ist nicht sensationell, aber wirklich wahr. Ich bin zwar in der Großstadt Wien geboren, jedoch faktisch von Geburt an bis zu meinem neunten Lebensjahr in der steirischen Industriekleinstadt Mürzzuschlag in der Obersteiermark aufgewachsen, wo ich mit meiner Mutter bei den Großeltern in einer Villa inmitten eines großen Gartens lebte. In dieser Stadt habe ich auch die ersten drei Schuljahre absolviert. Danach sind wir in das zerbombte Graz übersiedelt, wo ich die vierte Klasse Volksschule und später das Gymnasium besuchte. Unsere Wohnung befand sich in der Glacisstraße, gegenüber dem Stadtpark und schräg gegenüber dem Opernhaus direkt neben dem Kaiser-Josef-Platz, der sich in den letzten zehn Jahren zu einem beliebten Markt und Insidertreff für die Grazer Society herausgemausert hat.

Ich bin von Geburt an Linkshänder, wurde aber gezwungen, mit der rechten Hand zu schreiben. Rückblickend muss ich mich wohl für einen Legastheniker halten, aber im ländlich dominierten Mürzzuschlag hatte das keine nennenswerte Rolle gespielt, ich kam in der Schule gut mit, hatte keine Probleme und fast immer „lauter Einser", wie man so sagt. Dies änderte sich in Graz schlagartig. In der Nibelungenschule waren die Kinder viel weiter als ich. Sie wussten viel mehr, waren in der Ausbildung fortgeschrittener – und verfügten vor allem über ein Lokalwissen, welches mir vollkommen fehlte. Meine Legasthenie brachte mir viel Spott bei den Klassenkameraden und herbe Rügen des Lehrers ein, der auf meine Landvergangenheit und die Lese- und Schreibschwäche keine Rücksicht nahm. Anstatt „Aufgabe“ schrieb ich „Afabe“ oder „Aufagbe“, las aber beide Versionen hartnäckig als „Aufgabe“, sosehr mich der Lehrer auch auf das fehlerhaft geschriebene Wort aufmerksam machte.

Einen gewissen Status unter den Schulkameraden verschaffte ich mir erst dadurch, dass ich sie am Heimweg verprügelte und ihre Hefte, die Seite für Seite mit Feder und Tinte vollgeschrieben waren, in den Schnee beutelte, dass die Schrift zerfloss und alles unleserlich wurde. Das brachte mir zwar unter den Gleichaltrigen Anerkennung ein, doch der Lehrer bekam die Klagen der Eltern zu hören und goutierte mein Verhalten keineswegs, und so kam es, dass meine Mutter immer wieder zur Sprechstunde vorgeladen wurde, wo mein soziales Verhalten stets Gegenstand heftiger Kritik blieb. Ein guter Schüler war ich also nicht. Aber ich änderte mich trotz aller Erziehungsversuche nur wenig.

Meine Leidenschaft galt den Naturwissenschaften. Naturgeschichte war und blieb für lange Zeit mein Lieblingsfach. Über Tiere wusste ich mehr als alle anderen Schüler zusammengenommen, denn in Mürzzuschlag hatte ich reichlich Gelegenheit gehabt, Tiere aller Arten zu beobachten. Nicht nur, dass ich Käfer unter Brettern aufstöberte und sogenannte Totengräber aus Tierkadavern herausholte, Schmetterlinge, Grillen und Heuschrecken fing, ich griff mir sogar giftige Schlangen, Frösche und Unken und setzte sie in ein großes Betonbecken in unserem Garten, das von da an mein Aqua-Terrarium war. Meine Großmutter erklärte mir, dass man Vögel fangen könne, indem man ihnen etwas Salz auf den Schwanz streute. Ich nahm diese Lehre dankbar an, packte ein Prise Salz, legte mich vor den Bohnenstauden auf die Lauer und wartete reglos, bis sich der wagemutigste Spatz von Neugierde getrieben bis unter meine erhobene Hand wagte. Kaum war es so weit, ließ ich etwas Salz fallen und hatte den Vogel auch schon umklammert. Dass ich ihn dabei zerquetschte, tat mir hinterher leid.

Ich büßte mein Vergehen indem ich Schläge bekam und in den finsteren Keller eingesperrt wurde, wo ich über meine Grausamkeit nachzudenken hatte. Ich fand allerdings nicht heraus, worin mein Vergehen bestanden hatte, war ich nicht genau den Anweisungen der Erwachsenen gefolgt? Töteten nicht auch sie Hühner? Ja sogar mein geliebtes Kaninchen war eines Tages als Braten auf dem Speisetisch gelandet… Doch meiner Leidenschaft, Tiere zu fangen, sie einzusperren oder nur zu beobachten, tat dies keinen Abbruch. Für die schulische Bewertung half mir diese meine Neigung jedenfalls nicht viel. Naturkunde war ein Nebenfach. Meine Orthografie besserte sich um keinen Deut, erst als ich – Jahre später – mit einer Schreibmaschine zu schreiben begann, nahm die Zahl der Fehler in meinen Texten ab – mag sein, dass die Legasthenie beim Maschineschreiben keine so große Rolle spielt.

In der Schule mussten wir hin und wieder einen Aufsatz verfassen. Das wurde vorher wohl angekündigt, doch das Thema verriet uns der Lehrer nicht. Meine Aufsätze strotzen vor lauter Rechtschreibfehlern, waren aber – inhaltlich gesehen – nicht schlecht und wurden sogar manchmal vom Lehrer vor der Klasse vorgelesen. Die Note war aber immer eine „Fünf", das bedeutet sehr schlecht, denn gewertet wurde praktisch ausschließlich die Rechtschreibung. Auch mit der Groß- und Kleinschreibung und den Beistrichen hatte ich ernste Probleme, was dazu führte, dass ich mich in der Wortwahl bei den Aufsätzen auf solche Worte zu beschränken versuchte, bei deren Schreibung ich mir halbwegs sicher war, und die Sätze so kurz gestaltete, dass keine Beistriche notwendig waren. Dies führte zu einem eklatanten Abfall meines Schreibstils. Um dem Abhilfe zu schaffen, schrieb ich einen Aufsatz mit lauter Großbuchstaben, in Blockschrift, wie wir das damals genannt hatten. Auch das trug mir kein Lob ein. Ich konnte tun, was ich wollte, ich blieb ein schlechter Schüler.

Ich erinnere mich, dass ich – etliche Jahre später im Gymnasium – einer ähnlichen Beurteilung durch einen Professor (Studienrat) ausgesetzt war. Ich war nie ein guter Mathematiker gewesen, hingegen verstand ich mich auf Darstellende Geometrie sehr gut und konnte sämtliche Aufgaben korrekt zu Ende bringen. Doch eine „Eins" erhielt ich bei den Schularbeiten nie, denn der Lehrer meinte, wenn einer nicht gut in Mathematik sei, verdiene er auch in Darstellender Geometrie keine „Eins", selbst wenn er alles richtig mache. So beschränkte ich mich darauf, drei von vier Beispielen für mich zu zeichnen und eines für meinen Sitznachbarn, der in DG nichts konnte. So bekam ich meist einen „Zweier" oder „Dreier" und er wenigstens einen „Vierer", was ihm den positiven Jahresabschluss sicherte.

Doch zurück zur Volksschule in Graz, zur Nibelungenschule in der Nibelungengasse. Wir mussten einen Aufsatz schreiben. Noch wussten wir das Thema nicht und fieberten der Stunde entgegen. Endlich war es soweit. Der Lehrer teilte die Aufsatzhefte aus, wir schlugen die erste leere Seite auf und dann trat er an die Tafel und schrieb mit seiner deutlichen Kreideschrift den Titel auf:

„HANSI, DER KLEINE NAGER IM STADTPARK"

Ich war – wie gesagt – erst vor wenigen Monaten nach Graz übersiedelt, ich wohnte gegenüber dem Stadtpark und bin dort oft hingegangen, um Fußball zu spielen oder einfach nur so. Auch auf den Schlossberg bin ich marschiert. Ich kannte die Eichkatzerln – Eichhörnchen nennen unsere nördlichen Nachbarn die possierlichen Tiere – und habe sie genauso wie die halbzahmen Meisen mit der Hand gefüttert.

Meine Mutter hatte mir erzählt, dass während ihrer Kindheit in Mürzzuschlag in den Sommermonaten ein Eichkatzerl fast jeden Morgen auf ihr Fenster gekommen war und um Nüsse gebettelt hatte. Einmal hatte sie es mit einer raschen Bewegung eingefangen, aber das kleine Tier hatte sie derart in den Finger gebissen, dass sie es mit einem Schmerzensschrei losgelassen hatte. Ja, Eichhörnchen sind Nagetiere, so wie Ratten, Mäuse, Feldhasen, Kaninchen, während sich Spitzmäuse, Maulwürfe und Igel von Insekten und Schnecken ernähren und Wühlmäuse – ähnlich wie Maulwurfsgrillen – junge, oberflächennahe Wurzeln abbeißen und sich damit zu Schädlingen der Landwirtschaft deklarieren.

Die Schneidezähne des Eichhörnchens wachsen ununterbrochen und zwingen es, zu nagen, denn sonst werden diese Zähne so lang, dass das Tier irgendwann einmal den Mund nicht mehr schließen kann und verhungert. Hält man so ein Tier in Gefangenschaft, so muss man dafür sorgen, dass immer genügend Holz zum Nagen vorhanden ist. So jedenfalls hatte ich es damals gelernt. Ich wusste auch, dass das Eichkatzerl seinen buschigen Schwanz dazu benützt, um seine weiten Sprünge von Ast zu Ast zu steuern und um sich durch quirliges Drehen des Schwanzes das Gleichgewicht zu wahren. Ich besaß auch eine Ahnung von der Diät dieser Tiere – Kernfrüchte, insbesondere Nüsse, die sie ernten und als Vorräte vergraben, wodurch sich die Nussbäume verbreiten, denn oft vergisst das Eichhörnchen, wo es Nüsse vergraben hat. Auch war mir bekannt, dass sie einen Winterschlaf halten und ihre Jungen in Nestern großziehen, die manchmal von Eulen, Bussarden oder Krähen geplündert werden, während die ausgewachsenen Tiere oft in atemberaubenden Jagden über Bäume und

Äste hin von mordgierigen Mardern verfolgt und schließlich zu Tode gebissen und aufgefressen werden. Das alles hatte ich schon damals gewusst.

Aber dass man diese Tiere hier in Graz, im Stadtpark „Hansi" nennt, das war mir bisher entgangen.

Also starrte ich auf den Titel, den der Lehrer in seinen gut lesbaren Lettern auf die schwarze Holztafel geschrieben hatte:

Hansi, der kleine Nager im Stadtpark.

Nicht mehr und nicht weniger.

Es sagte mir nichts – absolut nichts. Ich zermarterte mir das Gehirn. Natürlich hätte ich fragen können: Herr Lehrer, bitte, was bedeutet das? Aber ich tat es nicht. Ich hätte eine klärende Frage nicht über die Lippen gebracht, zumal ich sehen musste, wie alle Schüler über die Hefte gebeugt eifrig zu schreiben begonnen hatten. Ich hörte ihre Federn über das Papier knirschen. Sie wussten offensichtlich, worum es sich hier handelte. Nur ich nicht. Ich war der einzige Unwissende und das wollte ich nicht vor allen preisgeben. Wie sehr hätte ich mich blamiert!

Aber irgendetwas musste ich in das Heft schreiben. Ich strengte mich an, dachte intensiv nach und dann kam mir endlich die Erleuchtung! Es handelte sich bei Hansi um einen Menschen! Einen Buben mit dunkler Hautfarbe! Einen Neger! Aber wahrscheinlich schreibt man dieses Wort nicht mit einem E sondern mit einem Ä und der Lehrer hat bloß die Ä-Punkte vergessen. So etwas passiert mir ja ununterbrochen. Also müsste der Titel korrekt lauten:

„HANSI, DER KLEINE NÄGER IM STADTPARK"

Damit war alles klar. Es handelte sich um einen kleinen, schwarzen Buben, der sich im großen Grazer Stadtpark verirrt hatte. Wahrscheinlich konnte er nicht Deutsch, nur irgendeine afrikanische Sprache. Onkel Harald, der Bruder meiner Mutter, hatte mir in Mürzzuschlag oft über fremde Länder, auch über „Neger“ erzählt und über ihre zungenbrecherischen Sprachen, die er perfekt imitieren konnte, wobei er mit den Händen zappelte und dabei schräge Tanzschritte aufführte. Der einsame dunkelhäutige Bub lief umher, getraute sich nicht, zu betteln und nach dem Weg zu fragen, denn die Leute, denen er begegnete, waren so fremd und schauten so ernst und abweisend drein.

Onkel Harald hat auch stets erkannt, wenn eine Farbige im Radio gesungen hatte. Ihr Vibrato sei anders, hatte er mir erklärt, auch die Intonation. Mit solchen Termini hatte ich schon früh als Kind Bekanntschaft gemacht. Ich war nämlich schon als Kind in den Jazz vernarrt gewesen, ohne jedoch zu wissen, was für eine Art von Musik das war und mit welchen Instrumenten sie hergestellt wurde.

Das Schlagzeug stellte ich mir so vor: Zwei Schwarze stehen sich gegenüber und tragen eine Stange auf den Schultern, auf der ein mit Malter gefüllter Sack hängt. Diesen schütteln sie und dadurch wird das charakteristische Geräusch, der typische Rhythmus erzeugt. Jazz war für mich Maltersackmusik.

Meine Eltern, eher treudeutsch veranlagt, förderten mein Interesse an der „Negermusik“ nicht, aber im Radio fand ich immer wieder einen Sender, der sie mir – wenn auch verwaschen – vorspielte, und Onkel Harald unterstützte mich.

Voll von solchen und ähnlichen Gedanken verfasste ich meinen Aufsatz. Der Vater des Buben war Maltersackschüttler und trat allabendlich im Radio auf. Ihn zu finden, war das vordringliche Problem des Verirrten, das ich in meinem Aufsatz aber nicht löste. Ich glaube, ich schloss damit, dass eine alte Frau dem umherirrenden schwarzen Buben namens Hansi eine Semmel mit Extrawurst schenkte. Dann gab ich am Ende der Stunde den Aufsatz erleichtert ab.

Die Geschichte wurde vor der Klasse vorgelesen und ich war in meinem Leben noch nie so ausgelacht worden. Meine Eltern wurden zur Sprechstunde gebeten und man erklärte ihnen, dass ich wahrscheinlich die Aufnahmeprüfung für die Mittelschule nicht schaffen würde.

Dass sie nicht für mich eingetreten sind und darauf hingewiesen haben, dass ein erst kürzlich nach Graz übersiedelter Mürzzuschlager über die städtischen Gebräuche, insbesondere die obskuren Namensgebungen für Kleintiere, nicht Bescheid wissen könne, verstehe ich bis heute nicht. Aber einen späten Vorteil hat die Geschichte: Elsbeth lachte sich krumm! Warum sie daran solchen Gefallen fand und noch immer findet, kann ich unmöglich ausloten. Aber immer wieder bittet sie mich:

„Ach, erzähl' doch die Geschichte vom kleinen Näger, vom Hansi!"

Und dann fange ich halt wieder an…

10

Das Geburtstagsgeschenk

An einem ungemütlichen Tag Ende März mit eisgrauem Himmel wurde ich sechs. Es hatte irgendwann in den letzten Tagen zu schneien aufgehört, doch die schwarzen Bäume mit ihren kahlen, wie abgestorbenen Ästen in unserem Garten wurden von einem schneidenden Wind durchgepeitscht, ihre Kronen waren so zerzaust, als litten sie unter Schüttelfrost. Im Garten sah es an diesem Tag jedenfalls so aus, als ob ihn ein Unwetter verwüstet hätte, grau die Wiese, da und dort von schmutzigen Schneeflecken bedeckt, Resten des schwindenden Winters, eines besonders eisigen von so endloser Monotonie, dass er einen glauben ließ, er würde niemals wieder vergehen. Menschen wie Tiere sehnten sich nach Sonne, Licht, nach Wärme. Auch die Rabenvögel hatten das Bedürfnis, ihr Leben zu ändern. Sie kreisten aufgeregt in kompakt geformten Scharen heiser krächzend über dem spitzen Dach des Einfamilienhauses, als suchten sie tief unterhalb in den Wiesen und grauen Feldern nach Futter.

An diesem Tag, an dem sich das Gefühl der Langeweile ändern sollte, ging auch ich hin und her, auf und nieder, ungeduldig wie ein junger Hund, der die Freiheit eines luftigen Spazierganges wittert, immer vor dem großen Fenster der Diele, durch welches man das hölzerne Gartentor und den zur Villa herabführenden grauen Weg beobachten konnte, über den Onkel Hans wie versprochen kommen sollte. Das Warten auf den Onkel erlebte ich mit besonderer Freude, weil er mir ein Geschenk zum Geburtstag versprochen hatte, doch wusste ich noch nicht, was er sich ausgedacht hatte, und so verging die Zeit des neugierigen Wartens mit besonderer Zähigkeit, wie ich mich erinnere.

Onkel Hans war ein Freund der Familie und einer von denen, die man mochte. Keinem der Kinder wurde er jemals zum Gespött, trotz seines fortgeschrittenen Alters. Etwas Starkes, Liebenswürdiges ging von ihm aus, einem mittelgroßen, schlanken Mann Mitte fünfzig. Täglich erschien er zu einem Kurzbesuch im Haus der Großeltern, in dem wir damals wohnten, mit freundlich erstarrtem Lächeln im rötlichen Gesicht, hellblau strahlenden, fröhlichen Augen und einem tabakfarbenen Schnurrbart über dem Mund. Er hatte immer einen Steirerhut mit grünem Band und Gamsbart auf dem Kopf, dazu einen Steirerjanker, grau oder grün aus feinem Loden, eine Knickerbocker und handgestrickte Halbstrümpfe. Seine Schuhe glänzten und in der Rechten hielt er seinen Spazierstock, ohne den er niemals ausging.

Onkel Hans, der mir damals der liebste und interessanteste aller meiner Onkels war, – es gab ja noch einen anderen, einen furchterregenden in der Familie, – dieser Onkel Hans, obwohl mit uns gar nicht verwandt, war bei uns Kindern vor allem wegen seines Humors beliebt, aber auch, weil er uns wie Prinz und Prinzessin behandelte, wodurch man den Eindruck erhielt, eine überaus bedeutende Persönlichkeit zu sein. Unerklärlich aber wahr, dass es ihm nie eingefallen wäre, uns mit scharfen Worten lächerlich zu machen oder uns zu kritisieren, und dass er nie den Versuch unternommen hat, uns zu den gehorsamen, leisen Kindern zu erziehen, die wir nicht sein konnten. Was den Großeltern oder der

Mutter an uns nicht gefiel, ließ den Onkel ganz kalt, ja, im Gegenteil, er schien meinen Bruder und mich – trotz unserer kindischen Beschränktheit – sogar zu bewundern! Unsicherheit wusste er mit guten Worten zu vertreiben, ja es ist sogar vorgekommen, dass er uns mit feierlicher Miene Komplimente aussprach, worauf sich ein geradezu paradiesisches Wohlgefühl in uns ausbreitete, das alle Verkrampfung oder Angst in uns in Nichts auflöste. Er sagte mir sogar, ich sei ein hübsches kleines Mädchen.

Gelegentlich, wenn wir zu ihm auf Besuch kamen, führte er uns seinen kostbarsten Schatz vor: eine wunderbare Muschel. Er bewahrte sie in seinem Wohnzimmer in einer Vitrine auf, ruhend in einem Kästchen auf rotem Samt, und wenn wir den Onkel mehrmals anflehten, er möge uns doch wieder die Muschel vorführen, so ließ er sich nicht allzu lange bitten, sperrte die Vitrine auf und holte das außen rostrot-beige gesprenkelte, in seinem Inneren rosa und golden schimmernde Juwel heraus, das in Wirklichkeit gar keine Muschel war, sondern einer großen Meeresschnecke gehört hatte, hielt dieses von der Natur so vollendet geformte Gehäuse in den Händen und sagte mit geheimnisvoller Miene: „Legt euch die Muschel ans Ohr und horcht ganz ruhig in sie hinein! Dann könnt ihr das Meer rauschen hören!" Und das taten wir auch, horchten in die Muschel hinein und konnten es tatsächlich rauschen hören. Hob der Onkel aber dieselbe Muschel an den Mund und blies in sie hinein, so verwandelte sie sich augenblicklich in ein Instrument des Todes. Aus den Öffnungen und Windungen quoll ein tiefes, unheimliches Röhren, eine menschliche List, nichts sonst, nur dazu bestimmt, jeden Hirsch aus dem Dickicht des Waldes zu locken.

Onkel Hans war nämlich nicht nur der Apotheker der Stadt, sondern auch ein leidenschaftlicher Jäger, und als solcher stand er am Sonntag im ergrauenden Dämmerlicht auf, schulterte das Gewehr, begab sich in sein Jagdrevier nach Neuberg, wo schon der Kaiser und der Kronprinz Rudolf mit ihren Jägern Gämsen, Rehe, Böcke, Hasen, Fasanen, Auerhähne und wer weiß was noch alles totgeschossen hatten. Onkel Hans stieg steinige, nach Heu und wild wachsenden Thymian duftende Bergwege hoch hinauf, atmete in tiefen Zügen die frische Luft, er durchquerte auch die finsteren Tannenwälder der Schneealm oder der felsigen Rax, beobachtete die Sonne beim Durchbrechen schmaler Wolkenspalten, wenn er, die Büchse im Anschlag auf dem Strunk eines morschen Baumes sitzend angespannt zum Waldrand starrte, der noch von grauen Morgennebeln bedeckt lag. Als alter Jäger wusste er, dass dort, sobald es hell wurde, seine Todeskandidaten aus dem Wald traten, entweder ein Hirsch oder ein Reh, und dass er deshalb seine Muschel benützen würde, um die Tiere auch sicher zu ködern und sie hernach mit einem einzigen Schuss zu töten. „Den Hirsch, der dem Röhren aus meiner Muschel widerstehen könnte, gibt es nämlich nicht“, sagte Onkel Hans ein wenig prahlerisch und lachte zweidreimal auf, „so täuschend echt klingt es in den Ohren dieser Tiere! Und wisst ihr, was dann geschieht? Stellt euch den Hirsch vor und seht ihn an, wie prächtig er auf der taufeuchten Lichtung steht, die Lauscher aufgerichtet, den Kopf mit dem prächtigen Geweih gestreckt, und wie er dann den Ruf erwidert, wobei er die Lichter schließt. Ja, und dann, wenn er nichts mehr sehen kann, jage ich ihm eine Kugel in den Leib!“

„Du schießt ihn also wirklich tot?“, wollte mein Bruder erfahren, worauf Onkel Hans entgegnete: „Freilich. Man muss das Tier aber gut treffen! Und das verstehe ich aufs Beste.“

„Das ist aber traurig!“, seufzte mein Bruder Friedl, der mit vor der Brust verschränkten Armen vor dem Onkel stand und ihn erstaunt, vielleicht vorwurfsvoll aus tränenfeuchten Augen betrachtete, worauf der Onkel aber nur wortlos die Achseln hob. „Ich habe eine ganz ruhige Hand!“, stellte Onkel Hans prahlerisch fest, „wenn ich mein Büchserl heb und auf das Wild anleg’ und es ganz genau haarscharf ins Visier nehme und dann ohne zu zittern feuere, entkommt mir kein Stück, das kann noch so groß sein, egal ob jung oder alt und einmal hab' ich sogar einen gestandenen Zwölfender erlegt. Meistens erleg ich den Bock mit einem perfekten Blattschuss! Ja, ja, so geht's eben in der Welt zu!", sagte er und lachte, „irgendwann werdet's auch ihr dahinter kommen." Und er beschrieb die besondere Schönheit der morgendlichen Szene, wenn der Hirsch verendend auf der Wiese zwischen roten und gelben Blumen ins feuchte Gras sank, wo er bewegungslos auf einer Flanke hingestreckt liegenblieb und nur sein riesiges Geweih aus dem hohen Gras ragte. „So ein Schuss erweckt aber den ganzen Wald, reißt alle Tiere aus dem Schlaf, wisst ihr, unzählig sind die Vogelschwärme, wenn sie wie aus dem Nichts gezaubert aus den Wipfeln in die ergrauenden Himmel aufsteigen, und froh können sie sein, weil sie heut noch fliegen können und ich mit dem Bock ja wirklich zufrieden bin." Am Ende dieser Geschichte brachen wir beide, mein Bruder und ich, immer in Tränen aus, und Onkel Hans, der das schon oft miterlebt hatte, reichte dann jedem von uns ein frisches Papiertaschentuch. Ja, er war schon einer, der nie nach Langeweile strebte und der den kreisenden Adler aus den Lüften holen konnte, einer, der niemals fehlte.

An meinem Geburtstag wartete ich also auf Onkel Hans und sah ihn endlich gegen halb zehn beim Gartentor erscheinen, durch den Garten stapfen. Er hatte seinen Jagdhund „Blitz" mitgebracht, eine gut gepflegte, freundliche deutsche Bracke. „Da kommt er!", sagte ich. Onkel Hans kam zwar wie immer in seinem grauen Lodenzeug daher, trug aber diesmal ein Gewehr an einem Lederriemen über der rechten Schulter. Klar, wir sollten ja jagern gehen und ich spürte sehr genau, dass ich ein echt spannendes Abenteuer vor mir hatte, bei dem es wie in einem Märchen um Leben und Tod gehen würde. Mein Herz klopfte wie verrückt, als Onkel

Hans in einen Schwall eisiger Winterluft gehüllt die warme Diele betrat, mir auf die Schulter klopfte, vor mir in die Knie ging, denn damals war ich klein wie eine Puppe, mir ins Gesicht blickte und sagte: „Alles Gute zum Geburtstag! Jetzt wird's spannend. Zieh dich nur schnell warm an, heut ist es saumäßig windig, ich freu mich ja sehr, dass du mich in die Au begleitest. Heut gehen wir endlich einmal zusammen jagern, und das wird dir gefallen. Jagern ist immer spannend. Warte nur! Du wirst dich noch wundern, Kinderl. Hoffentlich freust du dich schon. Ja, sag, freust du dich schon, ich mein' auf dein Geburtstagsgeschenk?"

„Oh ja, sehr!" Und empfand ein Gefühl froher Erregung. Ich fühlte mich total furchtlos und erwartete von mir, dass dieses erregende Gefühl wenigstens über den Vormittag hinweg anhalten würde.

„Der ‚Blitz' freut sich auch schon. Der weiß genau, was los ist", fügte Onkel Hans hinzu, dessen Gesicht die Kälte noch mehr gerötet hatte, „ein Hund kann nämlich die Gedanken seines Herrn genau erraten. Oder sogar lesen." ‚Blitz', das sah ich durch einen raschen Blick durch das Fenster, saß in angespannter Hundehaltung angeleint vor dem Haus. „Aber Hunde können doch gar nicht lesen", gab ich zu bedenken, während ich, immer noch erfreut ob des zu erwartenden Abenteuers einer Jagd und des unglaublich erregenden Glücksgefühls so schnell wie möglich in Mantel und Bergschuhe schlüpfte und mir eine dicke Wollhaube über die Ohren zog. „Fertig!", sagte ich, „komm Onkel Hans, wir können gehen." Und so verließen wir das Haus.

Er nahm „Blitz" mit der Leine. Ein böser Wind biss mich in Waden und Gesicht. Meine von der Mutter gestrickten Wollfäustlinge hatte ich vor Aufregung vergessen, ich stopfte die Hände in die Taschen und wanderte eine Weile schweigend neben dem großen Jäger und dem Hund die Straße bergab in die Richtung des Hauptplatzes.

„Onkel Hans?“

„Ja?

„Gehen wir wirklich jagern? Brauchst du deshalb dein Schießgewehr?“

„Freilich. Wieso fragst du?“

„Nur so… musst du denn heute wirklich ein Tier totschießen?“

„Schau, ohne Gewehr kann ich dir ja nix schießen, Kinderl, ich hab's dir doch hoch und heilig versprochen, das soll doch dein Geburtstagsgeschenk sein, wirst schon sehen und freuen wirst dich auch, es wird garantiert ein Heidenspass!“

„Ich weiß nicht…“, murmelte ich auf einmal, „ich habe ein bisserl Angst!“ Angst, ja. Etwas anderes wuchs langsam aus der Vorfreude. Ich wurde verlegen und fürchtete des Onkels Geringschätzung, sollte er meinen Zustand bemerken. Ich wusste nicht, warum ich mich auf einmal fürchtete und warum ich nicht mehr tapfer sein konnte. Der Onkel musterte mich von der Seite und sagte eher kurz angebunden: „Aber geh! Dir passiert schon nichts! Dass du ein bisserl Furcht empfindest, ist ganz normal. So etwas reinigt die Leber.“ Schweigend marschierten wir weiter, die ländliche Straße bergab, auf der frisch dampfender Pferdemist lag. Ein paar fleckige Blätter vom vergangenen Herbst wirbelten über den Straßenbelag und „Blitz“ zog an der Leine. „Hast du die Muschel auch mitgenommen, Onkel Hans?“, fragte ich in den mich peitschenden Wind hinein.

„Nein, die brauch ich heut' nicht.“

„Dann wirst du heute keinen Hirsch totschießen?“

„In der Au gibt's kein Schalenwild“, brummte Onkel Hans.

Nach einer Weile fragte ich: „Warum brüllt der Hirsch eigentlich so?“

„Der Hirsch brüllt nicht.“

„Warum nicht?“

„Der Hirsch röhrt."

„Und warum röhrt er?"

„Weil er nicht anders kann. Oder weil er es muss!"

Eine dicke Frau in einem roten Mantel mit Hund kam uns entgegen, „Blitz" riss noch heftiger an der Leine und Onkel Hans befahl: „Bei Fuß!" Und so marschierten wir eilig stadtabwärts in strammem Tempo der Stadtmitte zu, wo sich gelb, grau und grün getünchte Häuser längs einer schwarzen Straße reihten. Danach passierten wir eine Brücke, unter der ein schmaler, grüner Fluss strömte, vorbei an einem Park, der Schule, der Kirche mit ihrem Zwiebelturm, der dort in den Himmel ragte, und gelangten schnell zum Bahndamm, über den gerade ein schwer mit Eisen und entrindeten Baumstämmen beladener Lastenzug in die Richtung von Wien keuchte. In strammem Tempo marschierten wir unter dem windigen Viadukt hindurch, folgten einer Linkskurve in eine dünn besiedelte Gegend, wo wir die spärlich gesäten Häuser nach und nach hinter uns ließen und eine einsame, bewaldete Gegend erreichten, in der es stürmte und orgelte, wobei uns der Wind den Geruch frisch entrindeten Holzes in unregelmäßigen Schwaden entgegentrieb, einen guten Geruch, der die ganze Gegend mit seinem Aroma durchtränkte. Neben einem geschlossenen Sägewerk war außer einem jungen Mann, der, an einer Wand lehnend eine Zigarette rauchte und uns einen kurzen Gruß nachschickte, sonst keine Menschenseele zu sehen. Vielleicht bewachte der junge Mann jene dicken, entrindeten, nach Harz riechenden Baumstämme, die zu einer Pyramide geschichtet neben dem Sägewerk auf ihre Verarbeitung warteten.

Im Weitergehen erkannte ich den eisigen, grünen Mühlgang wieder, an dem wir im Sommer oft entlangspaziert waren, und wie im Sommer floss dieser Wasserlauf in seinem beengten Bachbett rasch, rauschend und irgendwie unheimlich dahin. Der Mühlgang führte Wasser aus der Fröschnitz zum Sägewerk, um dieses anzutreiben, und dieser Wasserlauf galt seiner reißenden Strömungen wegen als gefährlich, leichtsinnige Menschen waren schon darin ertrunken, doch erzählte man, dass der Großvater in jüngeren Jahren furchtlos hineingesprungen, eine weite Strecke darin geschwommen und lebendig wieder herausgeklettert war. Nach einem Wald, durch den wir noch mussten, begann endlich die sogenannte Au. Plötzlich lag sie vor uns, jene wilde, feuchte, in Grau und Schwarz getauchte Flusslandschaft entlang der Mürz. Die Erregung in mir wuchs, mein Herz hämmerte wie wild und ich gab mir Mühe, unendlich tapfer zu sein und die Jagdpartie zu genießen.

Hier war das Flussbett in einer besonnten Biegung ziemlich breit. Man konnte sehen, wie sehr die Ufer vom glitzernden Wasser unterspült und ausgebuchtet waren. Das klare Wasser floss stetig über ein unregelmäßig tiefes Bett von rundgeschliffenen Steinen, die da oder dort im Sonnenlicht glänzten. Am Ufer lag allerlei feuchtes Gestrüpp zwischen geborstenen Bäumen, da und dort sah ich schwarze, vermoderte Baumstrünke, von Regen, Wind und Wasser ausgehöhlt wie verwitterte Kadaver. Doch schon knapp jenseits der gekräuselten Wasserfläche zog sich kräftiger Mischwald über steile Berghänge empor, finsterem, struppigem Baumbestand entgegen wuchernd, der weit oben, wo der milchige Himmel schimmerte, in schroffe, von Schnee überzuckerte Bergrücken überging.

„Aha! Es wird sonnig!“, stellte Onkel Hans mit erfreutem Gesicht fest, „dieses verdammte Wetter hat sich endlich doch gebessert. Komm, wir müssen noch ein Stück weiter.“

Doch abermals schoben sich Wolken vor die Sonne. Wir stapften weiter und die Kälte biss mir ins Gesicht. Es orgelte und sang, der Sturm peitschte die Wellen und ließ Zweige tanzen. Je weiter wir in das Labyrinth dieser Auenlandschaft eindrangen, desto interessantere Anblicke tauchten vor uns auf, bis wir auf einmal bei einer flacheren Biegung ankamen. Nach wenigen Schritten durch das seichte Wasser erreichten wir eine aus weißen Kieseln gebildete kleine Insel. Endlich waren wir am Ziel!

Etwa zwanzig Meter über uns hatte sich eine Schar krächzender Saatkrähen formiert, die uns neugierig beobachteten. Hatte unsere Anwesenheit sie zu ihrem heiseren Geschrei aufgestachelt? Ich legte unwillkürlich den Kopf in den Nacken wie bei einem Nasenbluten. Die Rabenvögel, die wie kohlschwarze Schmetterlinge in der Strömung des Windes tanzten, schauten uns von oben zu, wobei ihr Krächzen sich rapide verstärkte. Wieder kam die Sonne zwischen dem Grau der Wolken durch, ließ den Fluss aufglänzen wie in Silber getaucht, und das war so hell, dass ich kurz die Augen schließen musste. Als ich sie wieder aufriss, bemerkte ich die rote Zunge, die aus „Blitz'" Rachen hing und hörte ihn aufgeregt hecheln. „So! Jetzt sind wir da", stellte Onkel Hans befriedigt fest, „das hier ist der richtige Anstand für eine Krähe. Auch der „Blitz" weiß das genau, er weiß, dass es jetzt gleich losgeht."

Erschrocken sah ich den Onkel, der sich in einen Jäger verwandelt hatte, tatsächlich geräuschlos nach seiner Waffe langen, den Hahn mit einem Klicken spannen und mit zurückgelegtem Kopf, die Augen zu Schlitzen gekniffen, nach oben starren, wo die Krähen umherflatterten, die er nun anvisierte. Es wurde ernst, ich begann unkontrolliert zu zittern. „Blitz" gähnte neuerlich. Statt der Vögel starrte ich seine rote Mundhöhle mit den spitzen weißen Zähnen an und fühlte mich dabei wie gelähmt. Mir fiel wieder ein, dass ich heute sechs Jahre alt geworden war, dass mir Onkel Hans deshalb ein besonderes Geschenk versprochen hatte. Ich fühlte mich erschöpft und unterdrückte ein aufkeimendes Weinen. Die Vögel drehten nach links ab, sie mussten sich wohl ausgerechnet haben, dass ihnen von uns Gefahr drohte. Ich sah zu den Krähen hinauf wie zu einer treibenden schwarzen Wolke, die sich über dem Fluss bewegte und dort wie Schnee oder Regen zu steigen und zu sinken begann und dann den Fluss hinab flog, wonach die Vögel wieder umkehrten und dort oben zusammenblieben. Eine davon würde bald ihr Leben lassen! Glauben konnte ich es beim besten Willen nicht. Es durfte nicht geschehen, es – *das* kam nicht in Frage, das spürte ich, aber Onkel Hans, indem er sich an mich wandte, fragte allen Ernstes: „Glaubst du, dass ich dir einen solchen Vogel vom Himmel holen kann?“ Und ohne auf meine Antwort zu warten, zielte er konzentriert nach oben in den Schwarm.

„Nein!“, murmelte ich und schüttelte den Kopf. Eine so hoch im Himmel fliegende Krähe würde er niemals treffen, da war ich mir sicher und hoffte es sehr. Ich sah, wie sich die misstrauisch gewordenen Vögel höher und höher schraubten, doch ihr aufgeregtes, warnendes Krächzen konnten wir noch immer sehr deutlich vernehmen, und es war dieses Vogelgeschrei, das mich noch mehr ängstigte als der Jäger mit Hund und geladenem Gewehr, und ich mit meiner Angst auf der kleinen Insel mitten im Bett des Flusses auf einer Schicht grauer Kiesel standen und nach oben zu den Vögeln starrten.

„Nein?“ Onkel Hans lachte kurz auf, „du glaubst es nicht? Na warte nur, ganz einfach ist es eh nicht, weil sie sehr hoch oben sind. Trotzdem. Ich garantiere dir, dass ich eine erwisch’. Sind sowieso schädliche Vögel, früher hat man sie mit Hexen und dem Teufel in Zusammenhang gebracht, außerdem fressen sie Igel und die sind sehr nützliche Tiere. Also eine Krähe mehr oder weniger spielt eh keine Rolle, sie vermehren sich ja wie Ungeziefer… da schau“, stieß er nun aus, auch irgendwie angespannt, wohl vom Jagdfieber gepackt, „siehst du den dort oben, den ganz großen? Den Kerl hole ich dir wie versprochen, er ist links aus dem Schwarm ausgebrochen… dein Geburtstagsgeschenk!“ Schon schielte er durch ein Visier, zielte genau, drückte ab, piff-paff, das Echo des Schusses hallte weit durch die Au. Aufgeregt krächzend stoben die Vögel auseinander. Onkel Hans hatte sein Ziel verfehlt!

Ich begann vor Freude auf und ab zu hüpfen und klatschte in meine verfrorenen Hände. Blitz hechelte, zerrte wie verrückt an der Leine. „Macht nichts", knurrte Onkel Hans sehr ruhig, indem er entschlossen abermals das Gewehr an die Wange legte, „sie sind halt verdammt hoch oben, aber die nächste treff' ich garantiert", und er zeigte mit dem Kinn auf ein auffallend großes Exemplar, welches in gerader Linie von uns weg über den breiten Fluss zog, so, als wolle der Vogel den Jäger mit seinem Gewehr frech verhöhnen. Einige Sekunden später feuerte er wieder – und traf. Plötzlich hielt die Krähe wie vom Donner gerührt im Flug inne, hilflos mit den Flügeln um sich schlagend, heiser krächzend, bis sie zu flattern begann und der Onkel ihr noch eine Ladung Schrot nachschickte, sodass sie nach ein paar Augenblicken ins Trudeln geriet und wie ein Kreisel vom Himmel stürzend senkrecht ins Flussbett fiel, wo sie hart auf dem Geröll aufschlug.

„Blitz! Apporte!", befahl Onkel Hans erfreut auf Französisch, wobei er den Hund von der Leine ließ. Ich stand da und zitterte und Tränen quollen mir aus den Augen. Vor Kälte und Schock erstarrt schaute ich dem Hund nach, der durch das eisige, grüne Wasser zum Vogel hinrannte, ihn ins Maul nahm, spritzend zurückwatete, um ihn, der wie eine schwarze Puppe leblos aus dem Maul des Hundes hing, seinem Herrn vor die Füße zu legen. „Brav, Blitz!", lobte Onkel Hans, indem er sich nach der Beute bückte, „da, magst du den Vogel einmal halten? Der ist ja dein Geschenk", sagte er strahlend zu mir, „er wird dir auch gut schmecken! Die Großmutter kocht ihn dir in der Suppe!"

Die Krähe war noch warm, ihr Gefieder weich, ihr Hals lang, schlaff, gebrochen, aus dem weit aufgesperrten Schnabel tropfte Blut und die Augen starrten unbeweglich durch halb geschlossene Lider. Schmerz ergriff mich. Schnell ließ ich das tote Tier fallen, hob die Hände vor die Augen und begann bitterlich zu weinen, weil ich etwas Furchtbares zu begreifen begann, das Töten verabscheute und daher wusste, dass ich so schnell wie möglich nach Hause musste und nie wieder auf die Jagd gehen würde, und während mich diese Gewissheit überkam, begann ich noch heftiger zu weinen. „Aber geh, aber geh", sagte der Onkel hilflos, indem er seine Jagdbeute sanft in eine Tasche packte, „wo ich dir doch nur eine Freude machen wollte, komm, wir gehen nach Hause". Zu Hause verschwand er kurz in der Küche, dann verließ er eilig das Haus. Ich hasste ihn und hatte daher nur den einen Wunsch, ihn niemals mehr wieder zu sehen.

Langsam verdrängte ich dann die Krähe aus meinem Gedächtnis, – oder habe ich sie daraus verbannt und das so lange erfolgreich getan, bis wir ins Speisezimmer zum Mittagessen gerufen wurden und ich mich wieder an meinen Geburtstag erinnerte? Der Tisch war gedeckt, ich hatte Hunger, wir setzten uns, – der Großvater, die Mutter, Friedl, der kleine Bruder, und ich, – dann trat dic Großmutter auf, stellte den Suppentopf auf den Tisch und teilte mit dem silbernen Suppenschöpfer Suppe aus. In der heißen Suppe schwammen Erdäpfel und ein paar faserige Stücke Fleisch.

„Da", sagte die Großmutter zu mir, „was schaust du so? So iss doch, iss! Das haben wir extra für dich in der Suppe mitgekocht, ist ja deine Krähe, die dir Onkel Hans geschossen hat. Wenn sie dir nur schmeckt! Es ist immerhin ein gutes Stück Fleisch, dankbar sollst du sein, wo es doch heutzutage sowieso nichts zu essen gibt. Also, alles Gute zum Geburtstag!"

Das Stück Fleisch fiel mit lautem Platschen vom Löffel in den Suppenteller, ich starrte es fassungslos an. Sie hatten die Krähe sorgfältig gerupft, bis ihr dünner Körper nackt war, das schwarze Gefieder im Herd verbrannt, ihr dann auf einem hölzernen Schneidbrett mit dem Messer das Gedärm aus dem Bauch geschnitten, die Leber fein gehackt, die Füße gebrochen, den Kopf abgeschnitten und den Rest in der Brühe für mich gekocht. Mit einem geradezu tierischen Schrei stieß ich den Teller von mir, sprang vom Sessel auf, stürzte aus dem Zimmer, schlug die Tür hinter mir zu und rannte hinaus in den Garten. Das ist eine wahre Geschichte und schon sehr lange her.

11

Freki

Auch diese Geschichte ist wahr – so wie die anderen hier – und sie hat sich vor meiner Geburt in unserer Jugendheimat Mürzzuschlag am Fuß des Semmering zugetragen. Ich kenne sie daher nur vom Hörensagen. Meine Schwester Heide allerdings, die hat indirekt etwas mit den folgenden Ereignissen zu tun. Ich erfuhr all das von meinem Großvater, dem Vater unserer Mutter, den Heide und ich liebevoll „Murler" nannten, weil er, wenn wir lästig waren, nur gutmütig knurrte und murmelte, so dass seine Frau, unsere Großmutter, zu sagen pflegte: Was murrst denn so!? Wir liebten ihn beide sehr.

Großvater hatte vor langer Zeit einen Hund namens „Freki", einen mächtigen Wolfshund, der sich durch besondere Treue auszeichnete, eine Treue, die so groß war, dass er ausschließlich auf den Großvater zu hören pflegte. Von anderen Personen nahm er kein Futter an, ließ sich nur ungern berühren, doch verhielt er sich trotz seiner angeborenen Wildheit im Haus friedlich und war niemals ohne erkennbaren Grund aggressiv.

Später habe ich erfahren, dass Wolfshunde sogenannte „one man dogs" sind, die in ihrem Leben nur ein einziges Mal einen Herrn akzeptieren und deshalb im Gegensatz zu den meisten anderen Hunderassen niemals an einen anderen Herrn weitergegeben werden können. Wolfshunde würden eher sterben als sich einem neuen Besitzer unterzuordnen.

Heute ist es einfach geworden, mit dem Computer externe Wissensquellen anzuzapfen. So lässt sich mühelos Wissenswertes über Wolfshunde – oder Wolfhunde (ohne S) – in Erfahrung bringen. Großvater hat mir nie erzählt, ob sein Freki ein niederländischer Wolfhund oder ein tschechischer Wolfshund war, die einander in vielerlei Hinsicht ähneln. Sicher bin ich mir nur, dass er kein irischer Wolfshund gewesen sein konnte, denn der Großvater hob bei dem Seinigen immer die augenscheinliche Ähnlichkeit mit den deutschen Schäferhunden hervor, was auf den irischen Wolfshund keinesfalls zutrifft. Man erfährt auch, dass diese kräftig gebaute, hochbeinige Rasse wegen ihrer Ähnlichkeit mit dem Wolf schwer abzurichten und an den Menschen zu gewöhnen sei, einen stark ausgeprägten Herdentrieb aufweise und sich dem Menschen gegenüber nicht angriffslustig verhalte. Laut Wikipedia sei den meisten Hunden dieser Rasse ein schwer kontrollierbarer Jagdinstinkt eigen, dem man ständig entgegenwirken müsse.

Großvaters treuer Geselle trug nicht zuletzt wegen all dieser Eigenschaften den Namen eines stolzen Fabelwesens aus der nordischen Sage, der Edda: denjenigen eines der zwei Hunde der obersten Gottheit Odin, Geri und Freki, der Gierige und der Gefräßige, die in Walhall alle Speisen, die Odin gereicht wurden, verzehrten, weil der große Gott sich ausschließlich von Met ernährte.

Dieser starke, graue Wolfshund begleitete unseren Großvater in dessen jüngeren Jahren auf Schritt und Tritt, ging mit ihm täglich in die Kanzlei jenes Hammerwerkes, welches damals noch zum Familienbesitz gehörte, wo er regungslos unter dem Schreibtisch lag, bis man wieder heimging, er wanderte mit ihm zu den näher gelegenen Hügeln, gemeinsam durchstreiften sie die einsamen Gräben des Hinterlandes mit ihren zerfallenden Wassermühlen und bestiegen die ferneren, manchmal im Sommer noch schneebedeckten Berge, kurzum, Freki hielt sich stets in der Nähe seines Herrn auf.

Wenn dieser einmal dienstlich mit der Eisenbahn nach Wien musste, rührte Freki das Futter nicht an, das ihm unsere Großmutter, die wir Omelie nannten, in den Napf gab. Er schlappte höchstens ein bisschen Wasser, und wäre Murler nicht bald wieder zurückgekommen, so wäre der Hund womöglich verhungert. Hei, wie stürmisch doch jedes Mal die Begrüßung ausfiel! Der mächtige, dickfellige Rüde sprang an seinem Herrn hoch und biss ihm mit den Zähnen, die dicke Rinderknochen mühelos zermalmten, vor lauter Liebe zart in die Arme, er bellte und winselte und schmiegte sich, sobald die erste Wiedersehensfreude vorbei war, an Großvaters Beine, der sich vielleicht in solchen Augenblicken vorkam wie Wotan, der Götterkönig der Germanen, die er so verehrte.

Klar, dass diese bedingungslose Liebe auf Gegenseitigkeit beruhte. Großvater konnte ohne seinen Begleiter genau so wenig auskommen wie der Hund ohne seinen Herren, und wenn es sein musste, dass er ihn einmal nicht mitnehmen konnte, so war auch er traurig und lustlos, und Freude kehrte erst wieder in seine Augen zurück, sobald Freki ihn am Eingangstor zum Garten mit viel Hallo begrüßte. Ja, das alles glaubte ich aufs Wort, denn jedes Mal, wenn Murler mir, dem später Geborenen, diese Geschichte erzählte, traten ihm die Tränen in die Augen.

Nun weiß man wohl, dass ein Hundeleben wesentlich kürzer währt als das eines Menschen, und wenn man einen Hund zum Kameraden hat, muss man damit rechnen, dass man viel zu bald von ihm Abschied nehmen wird. Aber natürlich verdrängt man solche Gedanken.

Bei Freki kam das Ende ganz anders als man es erwartet hätte; es trat nämlich ein Umstand ein, mit dem im Zusammenhang mit dem Wolfshund niemand gerechnet hatte, wiewohl das, was sich nun anbahnte, vorhersagbar gewesen war. Hierzu muss ich einen kurzen, erklärenden Abschnitt aus unserer Familiengeschichte erzählen.

Unsere Mutter hatte jung geheiratet. Knapp nach der Hochzeit war ihr Mann wegen verbotener politischer Aktivitäten aus Österreich ausgewiesen worden und nach Frankfurt am Main gesiedelt, wo er an einer berühmten medizinischen Klinik Forschungsarbeit betrieb. Dort wurde auch das erste Kind geboren, meine Schwester Heide. Nach dem Anschluss Österreichs an Nazideutschland kehrte die Familie wieder zurück nach Wien, weil Vater dort eine gute Stelle angeboten worden war und er in Deutschland stets unter starkem Heimweh gelitten hatte. Diese Umsiedlung führte dazu, dass unsere Mutter mit ihrem Säugling öfter nach Mürzzuschlag zu ihren Eltern auf Besuch kam, wo es trotz der kriegsbedingten Nahrungsmittelknappheit noch genug zu essen gab, weil Omelie in ihrem großen Obst- und Gemüsegarten mit alle ihrer Energie unermüdlich tätig war, ihre Legehennen und die Kaninchen mästete, während unser Vater seiner konsumierenden ärztlichen Tätigkeit am Allgemeinen Krankenhaus in Wien nachging, statt sich mehr um seine Familie zu kümmern.

Nun ließ es sich bei diesen oft länger dauernden Besuchen nicht übersehen, dass Freki auf das neue Familienmitglied mit Ablehnung reagierte. Zwar versicherte Murler, es habe niemals auch nur den geringsten Anschein einer Attacke gegeben, aber man konnte es dem Tier förmlich ansehen, wie es unter Eifersucht litt, vor allem dann, wenn sein Herr sich hingebungsvoll mit dem Säugling beschäftigte. Sein erstes Enkelkind lag in einem Körbchen; Freki beäugte es stets mit Argwohn, und angeblich habe er auch manchmal verhalten geknurrt – ein ernst zu nehmendes Warnsignal bei einem Hund!

Man versuchte Freki von dem Kind fernzuhalten, sperrte ihn

aus dem Haus, stellte das Körbchen samt Kind aus der Reichweite der Fänge des Hundes auf einen Tisch, bewachte das Baby, doch nicht selten kam es vor, dass man den Rüden in der Nähe des Körbchens antraf, wo er sichtlich beunruhigt mit nach hinten gelegten Ohren umherschlich, ohne sonst etwas zu tun. Bald war es jedem in der Familie klar, Freki bedeutete für die winzige Heide eine ernste Bedrohung! Er musste weg.

Schweren Herzens verbannte der Großvater seinen treuen Wegbegleiter jetzt ganz aus dem Haus und kettete ihn im Garten mit einer langen Kette an. Er bekam eine schöne Hundehütte, genug zu fressen, auch hielt sich der Großvater mehrmals am Tag länger bei ihm auf, setzte natürlich die gemeinsamen Spaziergänge mit ihm fort und nahm den Hund wie gewohnt auch mit in sein Büro.

Doch die Verbannung zeigte Spuren. Frekis Fell verlor an Glanz, er bekam juckende Ausschläge, fraß nur mehr wenig und sein Blick wurde stumpf. Auch die Begrüßungen fielen matt und lustlos aus – wie der Wolfshund litt auch der Großvater unter diesen Umständen, sodass er bei Tisch wortkarg wurde, immer seltener lachte und sich die Großmutter deshalb um ihn zu sorgen begann.

Doch es war nicht zu vermeiden, dass es der Hund trotz aller dieser Maßnahmen bei manchen Gelegenheiten schaffte, ins Haus zu gelangen. Er schien zu wissen, weshalb man mit ihm in so ungewohnter Weise verfuhr und entwickelte wohl aus dieser Erfahrung eine zunehmende Abneigung gegen das Baby, um das sich beinahe alles in der Familie drehte.

Was blieb Murler schließlich anderes übrig als den Hund zu einer Familie unweit unseres Hauses auf Kost zu geben. Der Mann war, soweit ich mich erinnere, Schmied in dem Hammerwerk der Großeltern gewesen. Freki kannte ihn und duldete ihn daher. Murler würde ihn auch täglich besuchen, ihn in die Kanzlei mitnehmen und weiterhin mit ihm spazieren gehen. Schließlich würde Heide älter werden, zudem hielten sie und ihre Mutter sich nicht ständig bei den Großeltern auf, die Zeit würde vergehen und irgendwann später könnte man den Hund wieder zurücknehmen. Doch so kam es eben nicht...

Freki verfiel nämlich förmlich in der ungewohnten Fremde und all die Zuwendung, die sein Herr und der gutmütige Schmied ihm entgegenbrachten, konnte nichts daran ändern. Das Fressen rührte er nicht an, ja er verweigerte die Nahrungsaufnahme sogar dann, wenn Großvater neben ihm stand und ihm gut zuredete. Aussehen und Verhalten des einstmals so stolzen Tieres schwanden dahin, bald war der Hund nur mehr ein Schatten seiner selbst. Mit der Schnauze auf den ausgestreckten Beinen liegend entlockte der Großvater seinem Hundefreund bestenfalls ein schwächliches Winseln, wenn er ihm das Fell kraulte; aus so traurigen Augen blickte er dabei seinen Herrn an, dass es dieser nicht mehr aushielt. Er machte sich auf, um Rat bei einem befreundeten Jäger zu suchen, der ein hervorragender Hundekenner gewesen sein soll. Nachdem der sich die Geschichte angehört hatte, äußerte er nur ein einziges Wort.

Wie betäubt kam unser Großvater von der Aussprache mit dem Jäger nach Hause. Die ganze Familie wusste augenblicklich, was bald zu geschehen hatte. Und dann kam der schwere Tag. Murler brachte den Hund vom Haus des Schmiedes zurück in unseren Garten. Dort legte er ihm das Beste zum Fressen vor, was in den schweren Zeiten aufzutreiben war. Der Hund rührte nichts davon an. Die leckersten Bissen verschmähte er und blieb wie leblos vor Großvaters Füßen liegen, wobei er stumm zu ihm hinaufschaute. Oft hat es mir Murler erzählt: „Ja“, sagte er, „der Hund hat sein Schicksal erkannt.“

Als er nun an der Seite seines Herrn und Freundes zum letzten Gang aufbrach, soll er sich nicht gesträubt haben, ja mein Großvater meinte – und das war viele Jahre später – es habe beinahe so ausgesehen, als sei Freki erleichtert gewesen, dass dies alles nun ein Ende nehmen würde.

Sie gingen zusammen in den Wald. Der Herr band seinen Hund mit der Leine an einem Fichtenstamm fest, und der ließ es mit sich geschehen. Still lag er auf dem kühlen Waldboden und schien zu warten; doch bevor Murler sich endgültig abwandte, hat Freki ihm einen letzten Blick nachgesandt, der dem Großvater das Herz gebrochen hat. Kurz darauf ertönte der Knall…

Jahre waren seitdem vergangen – unser Vater erlag bald nach diesen Ereignissen einer schweren Krankheit. Von wie viel Leid ist unsere Familie, unser Land, ja die ganze Welt inzwischen heimgesucht worden! Doch all den Widerwärtigkeiten jener wirklich harten Zeiten zum Trotz, die niemandem mehr eine Träne entlockten, weil sie beinahe schon zum Alltag gehörten, hat das Schicksal des treuen Hundes Freki, der sterben musste, weil ein Kind geboren worden war, bei uns allen die Augen immer wieder feucht werden lassen, sobald Großvater davon berichtete.

Heide Rosegger

Die Dinnerparty

oder

Ein Abend in geschlossener Gesellschaft

Psychokrimi

ISBN 978-3-7059-0284-8
14 x 21,5 cm, 136 Seiten, geb.,
Euro 17,90

Die Autorin, Heide Rosegger, Urenkelin des berühmten steirischen Schriftstellers Peter Rosegger, studierte Germanistik und Kunstgeschichte und lebt zur Zeit in Frankreich.

Im vorliegenden fesselnden Psychokrimi erzählt die alleinstehende Monika von einem merkwürdigen Gastmahl, zu dem sie unerwartet eingeladen wird und welches sie mit alten Bekannten und Freunden fröhlich zu verbringen hofft. Wie schleichendes Gift verbreiten sich aber innerhalb einer illustren Gesellschaft Rivalität und Eifersucht, bis hin zu aggressiven Machtkämpfen, die mit einer tödlichen Bedrohung enden. In der Erinnerung an diese Dinnerparty stellt die Erzählerin fest, dass die Begegnungen an jenem Abend sich weitreichender als alle bisherigen in ihrem Leben erweisen sollten, vor allem die Begegnung mit sich selbst ...

Heide Rosegger

RAMADAN

Reisebilder aus Anatolien

ISBN 978-3-7059-0322-7
14 x 21,5 cm, 176 Seiten, 32 Farbabb., geb.,
€ 19,80

Weishaupt Verlag, A-8342 Gnas 27
TEL +43-3151-8487, FAX +43-3151-84874
e-mail: verlag@weishaupt.at
Internet: www.weishaupt.at

In diesem interessanten Buch schildert die Autorin die Erlebnisse einer Zehntagesreise durch die östliche Türkei. Die Reise beginnt mit dem Besuch des 2.100 m hohen Nemrud-Dag mit den geheimnisvollen Kolossalstatuen und führt von dort weiter durch turbulente orientalische Städte, wo gerade der Ramadan gefeiert wird, und immer weiter durch oft unwegsames Gebiet bis zur im fernen Van-See gelegenen Felseninsel mit der berühmten, uralten armenischen Kirche Agdamar. Der Leser begleitet gleichsam bei dieser Reiseerzählung die Autorin, ihre Freundin und den türkischen Reiseführer auf einer sehr persönlichen Spurensuche durch ein faszinierendes Land zwischen Moscheen, uralten christlichen Klöstern, zwischen Euphrat und Tigris.